TACSI
I'R
TYWYLLWCH

TACSI I'R TYWYLLWCH

ALUN COB

Gomer

Cyhoeddwyd gyntaf yn 2018 gan
Wasg Gomer, Llandysul, Ceredigion SA44 4JL
www.gomer.co.uk

ISBN 978 1 78562 044 7

Cyhoeddwyd gyda chymorth ariannol
Cyngor Llyfrau Cymru.

Argraffwyd a rhwymwyd yng Nghymru gan
Wasg Gomer, Llandysul, Ceredigion.

Diolchiadau

Diolch mawr i fy nghariad Nici am fy annog i orffen y nofel. Diolch i Mari am ei gwaith caled wrth olygu'r gyfrol ac i Gomer am y gefnogaeth dros y blynyddoedd. Diolch hefyd am gefnogaeth y Cyngor Llyfrau.

Madog

Tic toc, tic toc, meddyliodd Madog yn syllu ar fys eiliadau cloc wal y pentan uwchben y tân nwy; ymylon ei lo smalio yn hamddenol fflachio'n oren.

Tydi'r blydi be-ti'n-alw-fo ddim yn gneud y sŵn 'na, Mads bach. Wyyyr wyyyr, medd y batri yn y cloc, meddyliodd wedyn yn gwthio'i sbectol i fyny pont ei drwyn.

Cnoc ar y drws.

Tarodd ei bengliniau gyda'i ddwylo cyn codi oddi ar y soffa, sefyll a dweud, 'Dyma ni, Mam. Awê.' Gwyrodd a rhwbio'r plac lliw pres ar arch ei fam o'i flaen.

Clywodd yr aer yn cael ei sugno drwy'r cyntedd gan ysgwyd ychydig ar baneli plastig y drws canol wrth i'r drws ffrynt agor. 'Mister Roberts?'

'Dewch i fewn, hogia.'

Nodiodd Emyr Howells a gwenu arno wrth agor drws y cyntedd byr, ei ddwylo ynghlwm o'i flaen. 'Iawn?'

'Iawn.'

''Da chi'n barod, Mister Roberts?'

Nodiodd Madog ac edrychodd yr ymgymerwr dros ei ysgwydd ar Dafydd ei fab, cyn i'r ddau ddod i mewn i'r ystafell fyw fechan.

Gafaelodd Dafydd ym mhen llydan yr arch o bren llwyfen, syml. Nodiodd Emyr Howells arno'n ddifrifol wrth afael yng ngwaelod mwy cul yr hecsagon a chodwyd corff Nansi Roberts yn dawel oddi ar y stondin.

Diffoddodd Madog y tân, gwthio'i sbectol i fyny'i drwyn eto, a mynd allan o'u blaenau trwy ddrws y cyntedd. A'i gefn at y drws ffrynt agored teimlodd awel oeraidd yn hel ei wallt du gwyllt i gosi'i glustiau. Yn ei ddilyn roedd Dafydd yn bagio'n ôl o'r stafell fyw yn cario'r arch a chamodd Madog allan i fore llwyd ganol mis Tachwedd. Roedd arch ei fam bron yr un maint â'r cyntedd bychan gan orfodi Emyr Howells i osod ei droed chwith ar ris cynta'r grisiau serth gyferbyn â'r drws ffrynt.

Dringodd ymgymerwr arall risiau'r ardd ffrynt wrth weld Madog, 'Mister Roberts.'

Doedd Madog ddim yn cofio'i enw o'i gyfarfod ddoe. Nodiodd a gwenu. 'Iawn, mêt?'

'Edrych fatha bod hi am fwrw,' meddai'r ymgymerwr yn codi'i ben tua'r awyr llwyd.

'Tywydd Bangor,' atebodd Madog heb fod yn siŵr beth yn union oedd hynny i fod i feddwl, ond roedd yr ymgymerwr yn nodio'n ddwys.

Bagiodd Dafydd Howells allan dros yr aelwyd yn ofalus a chydiodd Madog yn nolen flaen ochr chwith arch ei fam. Symudodd Dafydd draw i gydio yn yr ochr dde, yr ymgymerwr arall wedi gwthio heibio iddo a chydio yn y ddolen gefn ar y dde. Darganfyddodd Emyr Howells ei le wrth gefn Madog a dyma'r pedwar yn cymryd camau bach gofalus i lawr y stepiau llechi. Teimlai Madog fymryn o law ysgafn yn tampio'i wyneb ar yr awel. Erbyn cyrraedd yr hers oedd ychydig o geir i ffwrdd i lawr y pafin, ei chefn yn agored fel ceg arth yn barod i larpio'i fam, roedd hi'n glawio go iawn.

'Dwi angan weipars,' meddai Madog wrth yr ymgymerwyr.

'Gad i fi...' meddai llais merch oedd yn gyfarwydd iddo, wrth ei ochr a theimlodd rywun yn tynnu'i sbectol oddi ar ei drwyn.

'Diolch,' meddai Madog yn gwasgu'i lygaid yn fach fel twrch daear mewn ymdrech i'w hadnabod.

Rhiannon, wrth gwrs.

Mae'n rhaid bod ei feddwl yn bell i ffwrdd, i beidio ag adnabod ei llais yn syth.

Roedd hi'n gymydog i Madog a'i rieni ers iddyn nhw symud i Fangor pan oedd o'n un ar ddeg oed, dros ugain mlynedd yn ôl. Pan adawodd Madog am y coleg yn ddeunaw, roedd hi'n ddeuddeg mlwydd oed ac yn boen tin. Prin y byddai wedi coelio tasa fo wedi dweud wrtho'i hun bryd hynny mai hi, Rhiannon Gilbert Edwards, oedd *yr un*.

'*You're welcome, neighbour*,' meddai hi mewn acen Americanaidd ystrydebol, wrth osod ei sbectol yn ôl i'w gartref, y llun dipyn gwell, er braidd yn niwlog. 'Heb orod tynnu'r *bay window* allan heddiw?' meddai hi'n pwyntio'i hymbarél yn ôl tuag at y tai teras.

'Dad oedd yn rhy dew, Rhi,' dechreuodd Madog, yn cofio'r drafferth pan fu farw ei dad, Trefor yn 2013. 'Dim y drws ffrynt oedd yn rhy fach.'

'Mae'n hwyl gneud petha'n wahanol weithia, tydi?' meddai Rhiannon wrth i'r arch gael ei gwthio i geg yr hers. 'Meindio os dwi'n bymio lifft?'

Syllodd Madog arni'n syn wrth i ddrws yr hers gau y tu ôl iddo. 'I ble?'

'Dyyy!' meddai Rhiannon. 'Ti'n mynd â Nans i'r popty mawr, wyt ti ddim? Dwi'm yn dreifio, nac'dw? Ti'n disgwl i fi ordro tacsi gyn ti? Mynd ar fy meic?'

Ysgydwodd Madog ei ben. 'Na, wrth gwrs ...' Agorodd ddrws cefn yr hers. 'Ty'd 'fo ni, ma'r teulu a pawb yn y crem yn disgwl amdanan ni.'

Caeodd Rhiannon yr ymbarél, ei hysgwyd, a chamu mewn i'r cerbyd. Sylwodd Madog ar ei sgidiau-dal-adar gwyn yn llachar yn erbyn ei theits tywyll.

Meddai Rhiannon, 'Wel, tydyn nhw ddim yn mynd i gychwyn hebddan ni, nac dyn?'

＊　　＊　　＊

Yn ddiweddarach, a'r chwarter lleuad yn uchel yn yr awyr, gorweddai Madog ar ei gefn yn edrych ar nenfwd pigog ystafell wely Rhiannon. Trodd ei ben i edrych arni a dweud, 'Dwi'm 'di gweld un o'r *vapes* 'na yn agos o'r blaen.'

'Tisio drag?' gofynnodd Rhiannon trwy gwmwl o fwg. Ysgydwodd Madog ei ben. ''Di'r *punters* ddim yn smocio rhain yn y tacsi?'

'*Firm* 'di banio nhw. Ddim fod hynna'n stopio pawb cofia. Ond tydi sbio yn y *rear-view* yn yr hannar t'wllwch ddim yn cyfri fel *good look*, nac di.'

''Mwn i.' Sugnodd Rhiannon ar y mygyn, ei llais yn dyfnhau wrth iddi ofyn drwy gwmwl ei hanadliad allan, 'Ers faint wyt ti ar y tacsis erbyn hyn, Madsi *boy*?'

Meddyliodd Madog am ychydig wrth syllu ar y miloedd o bigau bach gwyn eto, 'Dau, dri mis? Bach mwy, ella.'

'Ti'n enjoio?'

'Talu'r *mortgage*.'

Trodd Rhiannon ar ei hochr, mwyaf sydyn. 'Ti dal hefo *mortgage* ar y tŷ driw 'na drws nesa, a dy rieni 'di'n byw 'na ers *God knows* pryd?'

'Talu'r bils, ta,' chwarddodd Madog. 'Ti'n gwbod be dwi'n feddwl.'

'Ti'n barod i fynd eto?'

'Gadal, ti'n feddwl?'

'Mynd, mynd, man. Ella nei di bara' mwy na *thirty seconds*, tro 'ma?'

Chwarddodd Madog yn fyr, ei fochau'n fflamio. 'Sori, eto.'

'Duwcs, allan o bractis oeddach chdi, na'r oll. *No biggie.*'

Ochneidiodd Madog a gwthio'i gorff i eistedd i fyny yn y gwely. 'Chdi oedd y tro dwytha hefyd, ti'n gwbod? Pryd bynnag oedd hynna.'

'Be?' ebychodd Rhiannon yn llusgo'i chorff i eistedd a

throi i wynebu Madog. Cydiodd yn ei gobennydd gan wasgu un pen rhwng ei choesau noeth, ei bronnau mawr wedyn yn hongian yn gadarn a thrwm bob ochr i orchudd pinc y sach blu. Edrychai i Madog fel pe bai'n cael cysur gan dedi-bêr. 'Amsar cnebrwng Dad, blydi *two-thousand-and six*? Iesu, ti fatha *walking cliché*, angladda'n gneud chdi'n horni.'

'Syniad chdi oedd hi'r ddwy waith, chwara teg, Rhi.'

'O ddifri? Ti heb gael secs mewn mwy na degawd? Heblaw am hefo chdi dy hun, siŵr o fod, felly.' Edrychodd Madog arni hi'n gwenu'n ddedwydd, fel pe bai ar fin chwerthin, ei fochau yntau'n goch fel afalau. 'Blydi *hells-bells*. Pam hynny ta, ti'n *good lookin' bloke* Ti'n edrych yn ddigon iach, ac yn gwisgo'n olreit.' Ysgydwodd ei phen arno, ei thalcen wedi'i aredig yn hanner dwsin o rychau hir a chyson. '*Christ*, Madsi *boy* be sy'n *bod* arna chdi, man?' Cododd Madog ei ysgwyddau arni a'i fynegiant yn newid dim. Be allai o ddweud? Ei fod o yn ei charu hi? Ei bod hi wedi torri'i galon? Nad oedd neb arall yn cymharu? Cododd Rhiannon ar ei phengliniau ar y gwely gan luchio'r clustog pinc ato. 'Lembo gwirion. Be sy an' ti?'

Sbonciodd oddi ar y gwely i sefyll yn noethlymun wrth ei ochr. 'Côd!'

Tynnodd Madog y cwilt oddi ar ei gorff â thrwy'r gobennydd oedd yn cuddio'i wyneb mwmialodd, 'Dwi wedi!'

'Na, côd côd, 'da ni'n mynd am dro.'

'Be ti'n feddwl?' gofynnodd Madog yn ymddangos o du ôl y gobennydd. 'Ma hi bron yn hannar nos.'

'So? Be 'di dy bwynt di? Ar dy draed, Madog Roberts, dwi isio dangos rwbath i chdi.'

'Be?'

'Gei di weld.'

*   *   *

'Lle ddudes di 'da ni'n mynd eto?' gofynnodd Madog yn cwpanu'i ddwylo wrth ei wefusau ac yn chwythu anadl cynnes iddynt, fel chwa o wynt trwy ogof.

''Nes i ddim. 'Da ni'm yn bell.' Cerddodd y ddau ochr yn ochr yng nghanol y lôn a Ffordd Siliwen yn dawel ac oren dan oleuadau'r stryd a'r sêr uwchben. Stampiodd y ddau i lawr yr allt serth rownd y Garth ac yn eu blaenau am yr Hirael.

'Faint o oed oedd Nans?' gofynnodd Rhiannon.

'Chwe deg dau. Pam ti'n gofyn?'

'A ti'n ..?'

'Tri deg pump, mis Hydref.'

'Tri deg pump!' Trodd Rhiannon a dechrau cerdded am yn ôl yn wynebu Madog. 'Felly pan oeddwn i'n tua pymthag oed, dyna pryd ges di dy *breakdown* ... pan oeddach chdi'n coleg yn Oxford?'

Edrychodd Madog arni'n gwenu'n ddireidus arno ac yn sgipio mynd a'i chefn at y pafin gwag. 'Rhydychen ydi'r enw, yn Gymraeg, *I'll have you know*.' meddai mewn llais crand.

'Cofio rŵan, Rhydychafi oeddan ni'n galw fo! Beth bynnag, pwynt ydi, hwn ydi'r cyfnod cynta mewn pymthag mlynadd i ti fyw ar dy ben dy hun. Fel ma'r rhan fwyaf o' ni *adults* yn neud.'

' "Tydi coleg ddim i bawb." Dyna oedd mantra Mam lawr y degawda. Dwi'n difaru dim byd.' Oedodd am eiliad, cyn ychwanegu. 'Wel, heblaw lot fawr o betha. Ti'n gwbod, yr iwshiyls.'

'Fel be?' Stopiodd Rhiannon o'i flaen a safodd yn ei wynebu, eu hanadl yn gymylau llwyd-wyn achlysurol rhyngddynt.

'Fel gadal i chdi fynd yn ôl i Gaerdydd ddeg mlynadd yn ôl. Fel gadal i'r banc fy ngwaredu ar ôl mwy na pymthag mlynadd o wasanaeth heb godi ffys na chreu unrhyw helynt.'

'Oherwydd dy dad?'

'Am fod Dad yn brysur yn marw, ia. Wel, dyna 'di'r esgus, beth bynnag. Y gwir ydi 'mod i'n bach o gachwr, siŵr o fod.'

Rhoddodd Rhiannon law oer ar ei foch am fod Madog yn gwrido fel mynach mewn puteindy. 'Ti'm yn gachwr, Mads. Y peth cachwraidd i neud fysa gadal; dy dad fel ag yr oedd o.'

'Ia, wel. Mae rhai penderfyniada yn cael eu gneud drostach chdi, tydan?'

Trodd Rhiannon a dechrau dawnsio a throi fel balerina i lawr y pafin. 'Tyrd yn dy flaen, Madog Roberts, fel oedd mam yn arfer deud, mae hi'n oerach na chont gwrach.'

'Tethan,' meddai Madog yn chwerthin ac yn dilyn.

'Be?' meddai Rhiannon ar ganol pirwetio.

'Dwi'n meddwl nei di ffeindio mai tethan y wrach oedd yn oer.'

*   *   *

'Ti'n siŵr bo chdi'n cal gneud hyn?' gofynnodd Madog wrth i Rhiannon roi'i hallwedd yn nghlo'r drws gwydr dwbl.

'Fi 'di'r bòs. A dwi'n deud ei fod o'n ocê. Ocê?' Gwthiodd y drws ar agor gan wahodd Madog i groesi'i drothwy gyda'i braich estynedig. 'Reit handi, cowboi Joe.'

'Os ti'n deud,' meddai Madog wrth godi'i ysgwyddau a mentro i mewn i'r cyntedd tywyll.

Clodd Rhiannon y drws ar ei hôl cyn chwilio ymysg y tusw goriadau a dweud, 'Pan dwi'n agor hwn, aros di'n fama tra dwi'n diffodd y larwm.'

'Iawn bòs,' meddai Madog yn goeglyd gan wahodd edrychiad deifiol gan Rhiannon.

Agorodd Rhiannon yr ail ddrws gwydr cyn diflannu i'r tywyllwch, gan adael Madog yn y cyntedd yn gwrando ar bib-bipian cyson y larwm lladron yn paratoi i sgrechian os na fyddai'i fistres yn ei gyrraedd mewn pryd.

Daeth tawelwch.

Clywodd Rhiannon trwy'r drws yn gweiddi o grombil yr adeilad, 'Ty'd i fewn, reit handi'.

Gwthiodd Madog y drws a gweld Rhiannon yn amneidio'n ddiamynedd gyda'i braich dde wrth goridor oedd wrthi'n goleuo'r ochr draw i'r dderbynfa dywyll. 'Reit handi, ddudes i. Ty'd yn dy 'laen!' Diflannodd o'i olwg i lawr y coridor a dyma Madog yn oedi am dipyn cyn ochneidio iddo'i hun a'i dilyn drwy'r dderbynfa dywyll ac i lawr y coridor llachar.

Roedd o'n llwyr ymwybodol o natur ddireidus Rhiannon ac felly ymlwybrodd yn ddrwgdybus o araf i lawr y coridor hir â nifer o ddrysau bob ochr i'w waliau eang. Clywodd ei llais yn dod o ddrws agored ar y dde ar waelod y coridor. 'Fewn yn fama!'

Mentrodd Madog i'r agoriad gan wthio ffrâm ddu drwchus ei sbectol i fyny pont ei drwyn. Glaniodd tywel mawr gwyn, wedi'i blygu'n dwt, ar ei fron gan roi braw iddo. Cydiodd ynddo'n reddfol gyda'i ddwy law.

'Ynda,' meddai Rhiannon yn pwyso'i phen ôl ar ymyl blaen desg mewn swyddfa lwyd a llwm. 'Pryd fu's 'di am swim ddwytha?' Safai'n gwenu'n ddireidus, ei thraed wedi'u croesi o'i blaen a'i dwylo yn uchel ar ei chluniau, yn disgwyl am ateb.

Ysgydwodd Madog ei ben yn gyflym i glirio niwl ei syndod. 'Dwi'm yn gwbod. Tua degawd yn ôl, ballu? Yn y môr yn Ibiza, dwy fil a dwy, ella?'

'Dros bymthag mlynadd, Madsi Boy! *Fuck me*! Oeddach chdi'n arfar bod yn rêl boi yn rysgol, oeddach chdi ddim? *County champion*?'

'*North Wales, freestyle*. Oeddwn, tua mil o flynyddoedd yndôl.'

'Pan oedd gynno chdi fwy o wallt ar y top,' meddai Rhiannon yn gwthio'i hun o'r ddesg a chamu tuag at Madog. 'A prin *fuck all* lawr y gwaelod, ia?' Cydiodd yn ysgafn yn ei geilliau gan yrru Madog i wasgu'i gefn yn erbyn ffrâm y drws. Safodd Rhiannon ar fodiau'i thraed fel eu bod wyneb yn wyneb cyn rhyddhau'i gafael a dweud wrth wincio'n bryfoclyd, 'Dilyn fi.' Cerddodd Rhiannon yr ychydig gamau i waelod y coridor cyn troi o'i olwg i'r dde.

Edrychodd Madog ar y tywel yn ei ddwylo tra teimlai ei fochau'n llosgi a'i galon yn curo fel ceffyl yn carlamu yn ei fron. Dynes a hanner, meddyliodd, gan wenu iddo'i hun a'i dilyn yn edrych dros ei ysgwydd ar y coridor, hir a gwag, cyn troi rownd y gornel.

Gwelodd ddau arwydd ar y wal o'i flaen wrth waelod coridor byr. Darlun syml mewn du o ddyn ar y chwith a saeth ddu drwchus oddi tano yn anelu tuag at yr agoriad tywyll, eto ar y chwith. Tynnwyd llygaid Madog tuag at yr agoriad oedd wedi'i oleuo ar y dde, ochr y merched.

'Fama 'dwi.' Clywodd lais Rhiannon yn atseinio allan o'r stafell newid loyw.

'Lle'r merchaid,' meddai Madog yn syllu ar yr arwyddion.

'Ia wel, dim ond fi sy 'ma, felly ...'

Cerddodd Madog at y golau a gweld Rhiannon yn tynnu'i bra a'i osod ar ben ei chrys ar wal isel y ciwbicl o'i blaen. 'Be 'da ni'n neud yn fama, Rhi?'

'Tyn dy ddillad, 'dan ni'n mynd am swim,'

'Swim? Heno? Rŵan hyn?' Y gyfres o gwestiynau'n tywallt allan o'i geg yn undonog, isel ac anghrediniol.

Sleifiodd Rhiannon ei jîns tyn a'i nicyr i lawr yn frysiog mewn un symudiad rhywiol gan aflonyddu dynolrwydd Madog yn ei drowsus cordyrói brown. 'Wel, dwi'n mynd. Plesia di dy hun, yr hen Daid!' Fflachiodd wên chwareus tuag ato wrth wyro a thynnu'i jîns a'i Nikes. Safodd am eiliad yn noeth o'i flaen a'i dwylo'n gorwedd yn ddyrnau ar ei chluniau cyn cerdded i'r dde o'i olwg.

Ochneidiodd Madog a dweud yn dawel, 'Mam bach!' tra bo'i law chwith yn rhwbio blaen ei wddf a'i law dde'n reddfol, ddifeddwl, roi trefn ar ei daclau. Meddyliodd, ar ôl dweud y gair, am ei fam yn llwch mewn blwch yn y tŷ; Rhiannon, ynghynt, yn gafael yn ei law yn yr amlosgfa ac yn ei wasgu'n dyner a dagrau'n llifo'n dawel i lawr ei fochau. Ei berthnasau yn y Tap and Spile wedyn, Yncl Harri, Anti 'Vonne a'r gweddill yn edrych cymaint hŷn na'r tro dwytha iddynt gwrdd; cnebrwng ei dad, y rhan fwyaf ohonynt beth bynnag. Edgar, ei ffrind, ddim yn gwbod beth i'w ddweud felly'n gwenu'n drwstan arno bob tro oedd o'n digwydd dal ei lygad. *Mae'n rhaid bod golwg arna chdi, Madog bach*, meddyliodd wrtho'i hun. Meddyliodd am sut yr hudodd Rhiannon o i'w gwely a sut iddi wneud iddo lwyr anghofio, am ryw ychydig, mai hwn oedd un o ddiwrnodau tristaf ei fywyd.

Darganfyddodd ei hun yn tynnu ar sip ei siaced drwchus ac yn agor bwcwl ei wregys lledr.

Cerddodd trwy'r bàth cemegol bas ac i mewn i dywyllwch cymharol y pwll nofio. Gallai glywed Rhiannon yn sblasio yn y dŵr rywle. Clywai oglau cyfarwydd y clorin yn yr aer, yn annisgwyl o gynnes. Gwisgai'i focsyrs a'i sbectol a dim arall heblaw am y tywel gwyn dros ei ysgwydd. 'Wel, dyma fi!' meddai yn gwasgu'i lygaid yn holltau mewn ymdrech i'w lleoli. 'Er, sgynno i'm syniad be uffar da ni'n neud yma, chwaith ... braidd yn dywyll, ti'm yn meddwl?'

Dechreuodd ymgyfarwyddo â'r ychydig olau pitw oren o'r stryd tu allan a oleuai'r neuadd nofio fawr drwy'r wal o ffenestri uchel, eu gwydrau'n farugog, ar y dde. Cafodd olwg ar fflachiadau o gnawd breichiau Rhiannon yn troi'r dŵr yn felin hamddenol, rhywle ychydig fetrau o'i flaen. 'Ddoi di i arfer, ddigon handi. Tyn nhw!' meddai hi, a'i geiriau yn dawnsio oddi ar y waliau.

'Be?'

'Wel, dim dy sbectols, naci. Dy drôns, Madsi, dy drôns!'

Wrth iddi siarad roedd Madog wedi cerdded at flaen pen agosa'r pwll ac wedi gosod y tywel ar lawr ar yr ymyl. Eisteddodd ar y tywel, gan anwybyddu gorchymyn Rhiannon, ei draed yn y dŵr oer. 'Be 'da ni'n neud yma, Rhi?' gofynnodd eto, ei lais yn dawel ac yn canu'n swynol drwy'r gwagle tywyll. Gallai weld ei hwyneb yn nofio a hithau ar ei chefn ynghanol y pen dwfn, ochr draw. Sylwodd ar ei bronnau'n ynysoedd cymesurol prydferth yn siglo yn y dŵr du. Trodd ar ei hol cyn cydio yn ymyl pella'r pwll a'i chorff noeth wedyn yn codi allan o'r dŵr. Trodd eto i eistedd gyferbyn â Madog ar draws y gagendor gwlyb.

'Ti'n gwbod pan ddes i'n ôl o Gaerdydd?' dechreuodd Rhiannon, ei llais fel pe bai'n dawnsio o fewn cloch yn neuadd y pwll nofio. 'Yr adeg honno...'

'Deng mlynadd nôl? Cnebrwn dy dad.'

'Ia, wel...' Ciciodd Rhiannon y dŵr gyda'i choesau fel pe bai'n ferch fach. 'Ti'n cofio chdi'n gofyn i fi aros?' Rhoddodd Madog ei ben i lawr ac edrych ar ei draed gwyn yn nofio yn y dŵr. 'A finna, fel bitsh, yn gadal heb ddeud gair?'

Edrychodd Madog arni cyn codi gwar a dweud, 'Be di'r ots, rŵan hyn? Hen newyddion.'

'I chdi Madsi, dim i fi.' Stopiodd chwarae gyda'r dŵr gan syllu'n dawel ar Madog am amser hir nes bod dŵr y pwll fel drych unwaith eto. 'Ma gynno i ferch fach.'

'Sori?' Neidiodd Madog fel pe bai wedi'i bigo gan wenyn.

'Ma hi'n wyth oed, mis Mawrth. Ma hi'n byw hefo'n chwaer yn New Zealand. Mair.'

'Oeddwn i'n meddwl mai Enid oedd enw dy chwaer?'

''N'hogan bach, Madsi. Mair 'di henw hi, lembo.'

'Be ti'n ddeud, Rhiannon? Fi 'di'i thad hi?'

Chwarddodd Rhiannon yn uchel a'i dwrw'n carlamu o gwmpas y gwagle fel sŵn cath yn y nos. 'Blydi hel, naci siŵr iawn. Tydi maths ddim yn un o dy *strong points* di, nacdi? Dim eliffant ydw i, Madog, y crinc.'

'Pam ti'n deu'tha fi rŵan 'ta?'

'Doedd Mam hyd yn oed ddim yn gwbod. Neb ym Mangor. Chdi di'r cynta.' Erbyn hyn, roedd llygaid Madog wedi dechrau ymgyfarwyddo â'r golau gwan a gallai weld Rhiannon, ei breichiau'n uchel wrth ei chefn, yn gwasgu'r dŵr allan o'i gwallt hir gwlyb. Ysgydwodd ei phen arni, dal mewn penbleth. 'Rhannu cyfrinacha, Madog. Rhwbath dydi'r un o'r ddau ohonan ni'n dda iawn am wneud, ti'm yn cytuno?'

'Wel, dwi'n gaddo un peth wrthoch chdi. Does gynno i ddim un cyfrinach debyg i honna. Be ddiawl ma hi'n neud yn Seland Newydd, Rhi?'

'Stori hir.'

'Wel?'

'Chdi gynta,' meddai Rhiannon yn codi ar ei thraed. Cydiodd mewn rhywbeth hir a glas oedd ar y llawr yn erbyn y wal gefn. Lluchiodd y peth, a oedd yn amlwg yn ysgafn, i lanio'n ddistaw ar wyneb y dŵr. Nofiodd y gwely aer yn dawel gan arafu tua chanol y pwll.

'Ia?'

'Dos i orwedd ar dy gefn ar hwnna,' meddai Rhiannon yn cerdded tuag ato'n noethlymun ar hyd ymyl hir yr ystafell, 'a deud rwbath wrtha i ti erioed wedi'i ddeud wrth neb arall.'

'Does gynno i ddim byd,' meddai Madog yn wan tra'n syllu'n addolgar ar ei chorff athletaidd yn dynesu.

'Ma gyn pawb rwbath, Madsi bach. Meddylia.'

Rhwbiodd Madog flaen ei drwyn gan edrych ar y gwely glas ynghanol y pwll. Roedd Rhiannon yn agosáu a theimlai y buasai'n anghwrtais iddo gario mlaen i rythu ar berffeithrwydd ei chorff noeth. Cofiodd am ddigwyddiad o'i blentyndod oedd wedi sleifio i flaen ei feddwl wrth iddo warchod arch ei fam yn fuan y bore hwnnw.

'Ocê,' meddai wrth i Rhiannon ddod i stop reit wrth ei ymyl a bodiau'i thraed yn cosi'i gluniau. Safodd Madog gan dynnu'i focsyrs ar yr un pryd a'u cicio yn erbyn y wal gefn. Trodd i wynebu Rhiannon cyn gafael yn ei llaw chwith yn dyner. 'Ma gynno i rwbath.' Gwenodd Madog cyn troi eto a chymryd y naid fach i mewn i'r dŵr bas hyd at ei bengliniau. Cerddodd allan â'r dŵr yn dringo'n gyflym i fyny'i gorff gyda llethr y llawr. Pan oedd yn ddigon dwfn, gwthiodd ei gorff ymlaen a dechrau nofio broga, oherwydd ei sbectol, am yr ynys las. Rhyfeddodd Madog wrth feddwl mai dyma'r tro cyntaf iddo nofio mewn degawd gan fod y weithred mor reddfol hawdd iddo. Cyrhaeddodd y gwely aer mewn chwinciad gan ymrafael am ychydig gyda'i grynswth dibwysau cyn ei drechu a dringo ar ei ben. Trodd drosodd i orwedd ar ei gefn gan edrych ar y nenfwd yn baneli o wydrau mawr duon â'r mymryn lliw oren o'r goleuadau stryd yn disgleirio'n ymbelydrol ar eu hymylon.

Gorweddodd yno am hanner munud yn ceisio penderfynu lle i gychwyn.

'Dwi'n disgwl,' meddai Rhiannon, ei llais yn canu'n angylaidd yn ogof y neuadd.

'Ro'n i'n wyth oed. Pan oeddan ni'n byw yn y Garthlwyd, ar y fferm, os ti'n cofio fi'n sôn?'

Oedodd Madog yn ofer am ateb cyn ailgychwyn. 'Wel, oedd Dad wedi rhoi gorau i'r chwara bod yn ffarmwr ac wedi cal job dros dro ar y trenau. *Maintenance*. Yng Nghaer. Adra ar y penwsos. Mam a fi'n byw yn Garthlwyd yn y ffermdy rhent yn disgwl i Dad gael job fysa'n caniatáu ni i adael y diawl lle. Er o'n i'n ddigon hapus yno cofia, heblaw am y tamp. Ond roedd Mam yn casáu'r lle. Yn anhapus. Meddwl yn ôl, dwi'n ama ella bod Mam a Dad ar y dibyn adeg honno, ti'n gwbod?'

Arhosodd eto. Dim ateb. 'Erbyn hyn, roedd y moch wedi mynd, a'r *Welsh Blacks*. Hyd yn oed y ieir. Ac roedd y landlord, Tudor Jones fferm Tŷ Newydd Isaf, yn ffermio'r tir o'n cwmpas. Tir Garthlwyd. Wel, rhyw dri deg acer oedd o i gyd, tyddyn bach dim mwy, deud y gwir. Beth bynnag...' Roedd ei lais ei hun yn swnio'n arallfydol i Madog, ei nodau'n codi'n fariton hufenog am y nenfwd gwydr; fel llais radio cyfoethog, neu ddyn y *trailers* yn y sinema cyn i'r ffilm ddechra. 'Ro'n i'n cerdded i'r ysgol bob dydd, i fyny'r cwm a rownd gwaelod mynydd y Garn ac i lawr i'r pentref, rhyw hanner milltir bob ffordd ballu. Trwy'r caeau.' Daliodd Madog ei wynt a chaeodd ei lygaid am ychydig gan geisio canolbwyntio yn y distawrwydd, ar bresenoldeb Rhiannon.

'Dwi'n gwrando,' meddai hi o'r diwedd fel pe bai'n gallu darllen ei feddwl.

'Wel, un bore. Fysa hi'n fis Chwefror, Mawrth a hithau'n cydio a'r gwynt yn ddiog. Ti'n gwbod? Mynd reit drwyddoch chdi yn lle mynd rownd. Ro'n i'n cerdded i fyny am wal ucha'r cwm; yn anelu am y gamfa bren, un o'r rhai triongl na sy' fel tipi dros wal gerrig, ti'n gwbod? Pan welais i'r ddafad fawr 'ma ar ei chefn. Pan dwi'n deud mawr, dwi'n meddwl yn feichiog fawr. Seis arni, dwi'n siŵr ei bod hi'n pwyso gymaint â fi, oed yna. Beth bynnag, am ryw reswm roedd y ddafad 'ma ar ei chefn ac yn chwifio'i choesau yn yr awyr, fel pry yn marw ar silff ffenast. Iesu, do'n i'm yn gallu'i gadal hi fel 'na felly dyma fi'n mynd yn nes ati a hitha'n strancio fwy fyth o'm gweld i'n agosáu, ei llygaid hi'n fawr, 'di dychryn yn wyllt. Do'dd hi'm wedi bod yno'n hir 'chos o'n i'n gallu gweld y gwair dal yn wyrdd tywyll dan ei chorff, lliw pesto, ti'n gwbod? Ond roedd y ddafad wedi ffeindio'i hun mewn dipyn o dwll, neu ryw bant naturiol yn y cae anwastad. Ges i afael ynddi ond er i mi godi chwys yn tynnu a gwthio, doedd 'na ddim symud arni. Roedd fel pe bai'i holl bwysa hi wedi suddo'n drwm i'w chefn. Ar ôl rhyw ddeng munud bu'n rhaid i mi roi'r gorau iddi gan feddwl fysa hi wedi gweithio'i ffordd allan o'r twll erbyn i fi ddarfod ysgol.

Dwi'm yn gwbod pam rŵan ond 'nes i'm sôn dim wrth yr athro, na neb arall yn yr ysgol, ac a bod yn onast o'n i wedi hanner anghofio amdani nes i mi agosáu at y gamfa ar y ffordd adra. Dyma fi'n dechra dringo'i grisiau pren serth, a dyma'r fran fawr ddu 'ma'n dychryn y cythral allan ohona i'n crawcian yn swnllyd wrth hedfan off. Yna un arall wrth ei sodlau, lawn mor swnllyd. Wedyn cyn i mi fentro edrych dros ben y wal dyma'r twrw brefu pathetig 'ma'n cychwyn, oedd o fel clywed Dalek; ti'n gwbod Doctor Who, yn cal 'i weindio'i lawr. Dyma fi'n cyrradd pen y gamfa a dyna lle roedd yr hen ddafad dal ar ei chefn yn siglo'n ôl ac ymlaen. Yn fwy araf. Ac wrth ddringo drosodd do'n i'n methu tynnu'n llygad oddi arni. Yn syllu ar y gradures. Wedyn dyma fi'n gweld y tylla tywyll ble ddylai'i llygaid hi fod a gwaed yn goch o'u cwmpas. Y basdad brain.'

Arhosodd Madog wrth sylwi fod ei lais wedi'i gynhyrfu a'i fod o'n agos at ddagrau wrth gofio'r olygfa'n glir fel ddoe. ''Nes i'm mynd ati ond rhedeg adra. Ro'n i'n beichio crio erbyn hyn a Mam yn gorfod rhoi cysur i mi am, wel, dwn i ddim faint cyn i mi allu esbonio. Wedyn dyma hi'n tostio crympets i fi ac yn ffonio Tudor Tŷ Newydd.'

Oedodd eto gan synnu pa mor fanwl oedd ei atgofion; roedd o braidd yn gallu blasu'r menyn yn toddi i'w ddannedd oddi ar y gramwyth cynnes. Atgofion fel ysbrydion.

'Noson honno o'n i methu cysgu'n meddwl am y ddafad.' Dechreuodd eto, ac ystafell wely ei blentyndod yn ymddangos iddo ar y nenfwd dywyll. 'Ac o'n i'n clywed gwynt ffyrnig yn chwibianu heibio ffenast y llofft. Ro'n i ofn cysgu. Dyna'r gwir. Ofn go iawn am y tro cynta, i fi gofio, yn fy mywyd. Bob tro o'n i'n cau'n ll'gada o'n i'n gweld pen gwaedlyd y ddafad yn brefu fel Dalek ar goll rywle yn y storm tu allan.' Teimlodd ei ddagrau'n syrthio lawr ei arleisiau a diflannu o amgylch ei glustiau, i'w wallt gwlyb. Doedd o ddim yn cofio'r tro dwythaf iddo siarad gymaint. Rhyfeddai nad oedd yn teimlo'n lletchwith nac unrhyw embaras chwaith. Gallai synhwyro pylsio rhythmig ei galon yn erbyn plastig tenau'r gwely aer. 'Beth bynnag, cysgu 'nes i'n diwedd. Bore nesa felly dyma fi'n mynd unwaith eto i fyny'r mynydd am yr ysgol. Wrth ddringo am y gamlas dyma foncath mawr yn codi i fyny i'r awyr lwyd ac o'n i'n gwbod heb orfod edrych nad oedd y ffarmwr wedi bod allan ati. 'Nes i drio cerdded heb edrych i'w chyfeiriad, fy mhen wedi troi am y môr tywyll, bell i ffwrdd. Ond fel ro'n i'n gafael yn y gamfa, daeth ryw orfodaeth rhyfedd drosta i a dyma fi'n troi i edrych. Roedd hi, wrth gwrs, dal yno ac yn dal i strancio'n achlysurol...er bod ei phen yn un belen borffor...oedd hi rhywsud...dal yn fyw.'

Arhosodd Madog a disgwyl rhyw ymateb gan Rhiannon. A oedd hi wedi'i siomi gan y bachgen wyth oed? Oedd hi wedi'i dychryn gan ei stori gignoeth am natur ddidrugaredd bywyd cefngwlad? Arhosodd i atseiniau'i lais ddiffodd a gadael dim ond tawelwch pur yn ei le.

'Rhiannon?'

'Rhi?'

'Rhi?'

Edgar

'A be? Doedd hi ddim yna?' Cododd Edgar Marshall ei ysgwyddau; roedd yn eistedd gyferbyn â'i ffrind yn nghyntedd blaen Pontio.

Ysgydwodd Madog ei ben.

'Ers pryd?' gofynnodd Edgar wedyn.

Dyma Madog y tro hwn yn codi'i war.

'So, oeddach chdi yn bàths Bangor, yn noethlym ganol nos ar ben dy hun yn gorwedd ynghanol y pwll nofio ar *airbed* yn siarad am ddefaid hefo'r *ceiling*?' Chwarddodd Edgar ac ysgwyd ei ben yn araf mewn anghredinaeth. 'Ffyc me, Mads, os fysa rhywun wedi gweld chdi fysa chdi 'di cal dy secsiynio, *straight away*.'

'Iesu, paid Eds.' meddai Madog yn gwrido'n lliw tomato.

'Lle oedd hi 'di mynd, 'ta?'

'Dyna be o'n i'n trio ddeu'tha chdi. Dwi'm yn gwbod. Ma hi 'di diflannu.'

'Hang on!' Eisteddodd Edgar ar flaen y gadair freichiau oren. 'Sut ddes ti o 'na?'

'Oedd 'y nillad i lle o'n i wedi'u gadael nhw ac roedd rhai Rhiannon wedi mynd. Es i am y drws ffrynt ac yno ar y carped roedd goriad, â'r drws wedi'i gloi.'

'Be 'nes di?'

'Wel, 'nes i adal fy hun allan a chloi'r drws ar f'ôl. Doedd 'na'm byd o'n i'n gallu neud am y larwm ac o'n i'n meddwl gwell fysa mynd â'r goriad i Rhiannon, er dwi'n amau na un sbâr oedd o. Oedd gynno hi dusw o oriada dechra'r noson.'

Roedd Edgar yn dal i ysgwyd ei ben. 'Ia, wedyn?' Yn yr holl flynyddoedd roedd o'n adnabod Madog, ers y dyddiau cyntaf yn yr ysgol uwchradd, hon oedd y stori fwyaf annhebygol ac annisgwyl iddo glywed ganddo. Os na fyddai'n gwybod yn well, byddai wedi amau mai rwtsh llwyr, ffantasi oedd y cyfan. Ond gwyddai fod ei ffrind yn hollol strêt, fel lôn Rufeinig.

'Es i adra. Cnocio ar 'i drws hi am ddau, dri munud heb gal ateb cyn postio'r goriad a mynd drws nesa i 'ngwely.'

'Ffycin hel, Mads!'

''Nes i'm cysgu llawar, cofia.'

'Dwi'n siŵr,' meddai Edgar gan ddal ei ddwrn allan o'i flaen. Ymddangosodd ei fawd o'i ddwrn. 'Nos Sul,' neidiodd ei fys cyntaf i'r amlwg. 'Dydd Llun.' Bys canol nesa. 'Dydd Mawrth.' Yna'r trydydd bys. 'Dydd Mercher, rŵan. Tri diwrnod a dim golwg ohoni?'

'Dim byd.'

'Ti 'di trio ffonio'r bàths?'

'Be ti'n feddwl ydw i? Twp neu rwbath?' Meddai Madog yn ysgafn tra'n rhwbio'i fochau poeth gyda'i ddwy law. 'Ar ôl ffonio drws nesa bore wedyn, heb ateb, 'nes i drio'i mobeil hi; syth i *voicemail*. Wedyn 'nes i gnocio ar y drws ffrynt eto, dros y ffens gefn a trio'r drws cefn. Edrych trw'r ffenest gegin. Dim byd i'w weld yn *squiffy*, ond dim golwg o Rhiannon. Wedyn dyma fi'n cerdded i'r pwll nofio ac yn gofyn yn fanno. Heb ddod i fewn heddiw a neb wedi clywed dim. '"Bach yn rhyfedd,"' meddai'r ferch ifanc, ond dim i weld yn rhy *bothered*.'

Eisteddodd Edgar yn ôl yn y gadair goegwych. 'Cops?'

'Wel, dyma'r peth. 'Nes i drio'i ffôn hi tua ugain o weithia a mwy yn ystod y dydd a dydd Mawrth, heb gysgu llawar eto...'

'Pam 'nes di ddim ffonio fi'r lembo?' gofynnodd Edgar, ei ddwylo allan o'i flaen a'i fysedd ar led.

'Ia, sori Eds. Odd gynno i gwilydd. Mae hi'n stori mor nyts ar ôl claddu Mam a bob dim.'

'Dyna pam 'nes i adael llonydd i chdi, ar ôl gweld y siâp oedd arna chdi yn y Crem. Oeddach chdi weld yn well yn y Tap wedyn a Rhiannon fel gelen wrth dy ysgwydd di.'

Gwyddai Edgar yn iawn bod ei ffrind yn caru Rhiannon ers erioed, er nad oedd wedi cyfaddef hyn iddo. Doedd Madog Roberts ddim yn un am rannu emosiynau. Dyn gwyddoniaeth oedd Madog, ei ffiseg yn ddigon da iddo gael ei dderbyn i Rydychen, er iddo fethu ymdopi gyda'r pwysau gwaith a gorfod dychwelyd i Fangor. Doedd Edgar ddim o gwmpas pan ddigwyddodd chwalfa nerfol ei ffrind gan ei fod, ar y pryd, dros Fôr yr Iwerydd yn Ontario yn Nghanada ar gwrs dwy flynedd yn y Toronto Film School. Erbyn iddo ddod adref, roedd ei ffrind hynod ddawnus yn gweithio fel clerc yn y Midland lawr ganol dre. Fedrai Edgar ddim coelio'r peth. Roedd Edgar wedi meddwl erioed y byddai ei ffrind wedi darganfod rhyw ronyn elfennol neu atom newydd, neu beth bynnag uffar mae ffisegydd yn ei wneud, erbyn iddo ddychwelyd i Gymru. Ond dyma ble roedd o'n gofyn i hwn a llall *sut fysa chi'n hoffi'ch arian, £5, £10 neu £20?*

'O'n i'n tynnu 'ngwallt allan erbyn nos Fawrth, felly dyma fi'n penderfynu cerdded lawr i'r orsaf heddlu a stopio yn y pwll nofio ar y ffordd, jest rhag ofn bod hi yno,' dechreuodd Madog tra'n tynnu'i siaced North Face goch; roedd hi braidd yn rhy boeth yng nghyntedd eang y ganolfan gelfyddydau, yn enwedig gan ei fod wedi cerdded yn frysiog yno o'i gartref. 'A dyma pryd ma petha'n mynd yn *really freaky-deaky.*'

'O?' meddai Edgar wrth grafu'i wddf trwy'i farf du taclus.

'Roedd Rhi wedi ymddiswyddo. Doedd hi ddim yn gweithio 'na ddim mwy.'

'Sori? Dwi'm yn dallt.'

'Wel, roedd y ferch lywath 'na yna eto yn deud wrtha i bod hi ddim yn gweithio 'na ddim mwy a dyma fi'n gofyn am weld rhywun *in charge* a dyma'r ddynes 'ma hefo gwyneb sarrug fel Buster Keaton yn deud bod nhw wedi cal galwad ffôn gan Rhiannon yn ymddiswyddo yn y fan a'r lle.'

'A lle oedd hynna?' gofynnodd Edgar a dyma Madog yn edrych arno'n syn. 'O lle oedd hi'n ffonio?'

'O, dwi'n gweld be sgen ti. Doedd gan Buster ddim syniad a llai o ddiddordeb mewn cal sgwrs hefo fi. Ond mi ddudodd hi mai yn sicr Rhiannon oedd ar y ffôn a bod y llythyr ymddiswyddo yn y post.'

'Blydi hel, Mads. Be uffar ma hi'n feddwl ma hi'n neud, dwa?'

Ysgydwodd Madog ei ben. 'Duw a ŵyr, dwi methu gneud pen na chynffon o'r peth,'

'Es di at y cops, wedyn?'

'A deud be? Na, tydi hi ddim ar goll os ydi hi wedi ffonio'r pwll nofio, nacdi?'

'Ma'r peth yn drewi ddo, tydi?'

Claddodd Madog ei ddwylo yn ei wallt, ei ben wedi'i wyro rhwng ei goesau. Rhwbiodd ei benglog gyda'i fysedd. 'Fysa'r cops yn chwerthin ar 'y mhen i. Tydw i'm hyd yn oed yn perthyn iddi.'

Aeth pethau'n ddistaw rhyngddynt a dechreuodd ysgwyddau Madog grynu fel pe bai'n gafael mewn dril niwmatig, ei fysedd fel crafangau'n cydio mewn talpiau o'i wallt blêr. Ysgydwodd Edgar ei ben wrth edrych ar ei ffrind. Gyrrwr tacsi mewn dinas brifysgol fechan a'r dyn mwyaf peniog iddo'i nabod erioed. Mads oedd yr un oedd wedi'i roi ar ben ffordd, oedd wedi sbarduno'i gariad at y sinema yn ei arddegau. Mads oedd wedi bod yn gefn iddo, flynyddoedd wedyn, pan aeth pethau'n flêr yn Llundain. Yr ysgariad, y goryfed a'r cocên, ystrydebau'r asiant hysbys yn y ddinas fawr flin. *God! Oeddach chdi'n ffycin wancar Edgar,* meddyliodd ac edmygedd at ei ffrind yn berwi yn ei fron unwaith eto.

Mads oedd wedi treulio'i wyliau yn ei warchod yn ei fflat rhodresgar o foethus ar gyrion Primrose Hill. Y ddau'n gwylio Fellini, Herzog a Scorsese trwy ddyddiau hir, haf poeth. Edgar yn chwysu fel rhyw jynci ar y soffa wrth ei ochr. Wel dyna beth oedd o. Jynci dosbarth canol oedd wedi cael popeth ar blât ers iddo gael ei rwygo o fol ei fam yn faban dros ddeng mis yn y groth. Yn amlwg ddim ar frys i wynebu'r byd.

Ac felly buodd hi. Nes i Mads ddod yn dawel bach i afael yn ei law pan oedd popeth ar ben. Haf yr aileni, haf yr ailgyfle. Yr angel o'r gogledd yn dawel bach yn dangos iddo'r ffordd ymlaen. Un anadl ar y tro. Ffyc, roedd o'n caru'r dyn 'ma!

Rhoddodd ei ddwylo ar ysgwyddau Madog gan deimlo egni'i angerdd. Y boen yn llifo'n tswnami trwy gorff ei ffrind. 'Awn ni allan, 'li. Dwi angen smôc.' Aeth dwylo Madog i lawr a hel ei sbectol oddi ar ei drwyn a'i gosod ar ei benglin, ei wyneb dal wedi'i wyro at y llawr. Rhwbiodd ei lygaid a sychodd ei drwyn gyda'i lawes.

'Sori,' meddai Madog heb godi'i ben.

'Paid â bod yn wirion.' Gwasgodd Edgar ei ysgwyddau wrth iddo godi i sefyll. 'Ma gyna'i syniad, ty'laen.'

*   *   *

'Pum deg yr awr plus VAT, heb gynnwys costau,' meddai Ian Richardson wrth ysgwyd llaw Madog ac Edgar yn eu tro. Doedd neb wedi gofyn dim wrtho. 'Dwi jyst yn licio bod y cleient yn gwbod lle mae o'n sefyll o'r cychwyn cynta, fel bod neb yn gwastio'u hamser.'

'Iawn,' meddai Madog yn smicio'i lygad yn syn ac yn estyn ei waled o boced tin ei drowsus cordyrói. Roedd o'n fwy o bres nag oedd o'n ddisgwyl, ond doedd o ddim chwaith wedi rhoi fawr o feddwl i'r pris mewn arian. Doedd yr arian ddim yn bwysig.

'Dim rŵan hyn, Mister Roberts.'

'Madog'

'Madog. Pan fydda i'n cyflwyno fy ngwybodaeth. Fy *findings*, felly.'

'Roedd Ian yn DS ym Mangor 'ma am oes pys, doeddach Ian?' meddai Edgar yn parcio'i ben ôl yn ei gadair bren anghyfforddus ar lawr cyntaf siop sglodion Stryd y Deon.

Eisteddodd Madog wrth ei ochr ac Ian Richardson gyferbyn. '*Thirty* ar y ffôrs, wyth mlynadd ola'n dditectif sarjant yma 'Mangor. Caergybi a Llangefni cyn hynna. Dwi'n nabod rhieni Edgar yn fama, ers pan oedd o yn 'i glytia.'

Chwarddodd Edgar gan rwbio'i drwyn ac edrych i lawr mewn embaras ar ei blât seimllyd. 'Safiodd Ian ffortiwn bach i fi ar yr ail difôrs.'

'Be'r hogan Lucy 'na?' gofynnodd Madog, yn amlwg heb gael yr hanes.

'*Midlife-crisis* cynnar Lucy fel fydda i'n 'i galw,' chwarddodd Edgar yn llon, cyn ychwanegu, 'Os fysa Ian heb ffeindio allan bod hi'n bangio'i hyfforddwr Pilates fyswn i 'di talu'n ddrud am y tri mis o briodas 'na.'

''Nes di'm sôn,' meddai Madog yn ddigyffro. Gwyddai, wrth gwrs am yr ysgariad, ond gwyddai yn syth hefyd mai embaras y sefyllfa oedd wedi nadu ei ffrind rhag rhannu'r holl hanes.

'Duwcs, doedd o'm byd, nag oedd? One of *my lesser mistakes* ar y ddaear 'ma. Pwynt ydi mae o'n talu prynu bach o *expertise* o bryd i gilydd.' Pwyntiodd tuag at Ian Richardson, ei wyneb crychlyd yn edrych ddegawd yn hŷn na'i bum deg saith mlwydd. 'Rhywun fel Ian yn fama.'

'Miss Rhiannon...' dechreuodd Richardson a phad sgwennu yn ymddangos yn ei law ar y bwrdd fformica.

'Edwards...' meddai Madog yn sythu'i hun yn ei gadair a bysedd ei ddwylo wedi'u plethu o'i flaen ar y bwrdd. 'Gilbert Edwards oedd enw'i thad. Ma' hi'n byw ar ben 'i hun drws nesa i fi yn Heulfryn, Upper Garth.'

'Top 'ta gwaelod 'rallt, ma' fanno?' gofynnodd Richardson heb edrych i fyny o'i bad; llaw ei feiro bic yn sgriblo'n brysur.

'Yn nes at y gwaelod, ddim yn bell o'r Tap and Spile.'

'Oed?'

'Pwy, fi?' gofynnodd Madog a dyma Richardson yn codi'i ben ac edrych yn ddifynegiant arno. Pwniodd Edgar o ar ei ysgwydd yn ysgafn gan ochneidio'n flin. 'O! Rhiannon, ia sori. Dau ddeg wyth? Dau ddeg naw? O gwmpas fanna'n rhwla, dwi'm yn dda hefo penblwyddi.'

'Pa ddyn sydd?' ategodd Edgar a dyma'r tri yn codi'u haeliau a nodio'n dawel.

* * *

'Ti'n iawn hefo pres i dalu'r boi 'ma' gofynnodd Edgar yn brasgamu fyny'r stryd fawr wrth ochr Madog.

'Ydw, diolch i ti, Eds.'

''Sa fo'n gallu bod yn filoedd, 'sdi.'

Stopiodd Madog yn sydyn gan dynnu'r gwynt o hwyliau Edgar yn annisgwyl. Trodd yntau ar ei hanner cam i wynebu'i ffrind. 'Os wyt ti'n mynnu gwbod, ma gynno i dal bron i bymthag mil ges i gan y banc pan ges i'r hen *heave-ho*. A rhyw ddeg arall mewn *savings account*. Heb sôn am beth bynnag oedd gyn Mam wedi'i hel. Doedd hi byth yn brin o bres bingo, Eds. Felly rhwng popeth, dwi'n *sorted*. Ocê?'

'Ffyc, sori mêt. Jyst isio helpu,' meddai Edgar yn gwrido dan ei farf du. Roedd o wedi'i fagu'n fab i orthoddeintydd preifat a'i fam yn llawfeddyg yn yr ysbyty. Doedd diffyg arian erioed wedi bod yn broblem iddo, ddim hyd yn oed ym mherfeddion tywyll dyddiau'i garwriaeth gyda'r powdr gwyn. 'The Lady' oeddan nhw'n arfer galw'r stwff yn ôl yn yr AG&M, eu hasiantaeth hysbysebu. Fo oedd yr M. M am Marshall. Hyd yn oed pan gafodd ei luchio allan o'i fusnes ei hun (am ei fod o'n ymddwyn fel twat llwyr), roedd o wedi cael siec chwe ffigwr uchel ganddynt i gadw'r enw ac iddo addo ar bapur cyfreithiol i gadw allan o'r diwydiant. Dim problem yn fanno. Ac wedyn Mads oedd wedi tynnu'i sylw at swydd ddarlithio astudiaethau cyfryngau yn rhan amser yn y Brifysgol adref ym Mangor. Dyma fo'n dychwelyd i'r hen le yn ddyn cwbl wahanol i'r un a adawodd ddeuddeng mlynedd ynghynt. Wedyn, dyma'r brifysgol yn adeiladu Pontio. Adeilad modern i'r celfyddydau; theatr, celf, ardal hybu busnes, undeb myfyrwyr ac ystafell ddarlithio ddau gan sedd, neu'r hyn a alwai Edgar 'ei deyrnas'. Wel, pan nad oedd darlith, beth bynnag. Oherwydd dyma pryd y byddai'r ystafell enfawr yn troi'n sinema ddigidol penigamp. Fo oedd yn dewis y rhaglen, yn creu'r hysbysrwydd ac yn gyfrifol am holl weithgaredd Sinema Pontio. Y gwir oedd y byddai wedi bod yn fwy na bodlon gwneud y swydd am ddim. Bywyd newydd, swydd newydd, dyn newydd. Diolch i'w ffrind, y dyn tacsi, Madog Roberts. 'Be oeddach chdi'n feddwl ohono fo, Mads?'

'Richardson?' Roedden nhw wedi ail gychwyn ar frys i fyny'r stryd fawr a'r ddau'n hwyr yn dychwelyd i'w gwaith. 'Oedd o'i weld yn gymwys i'r gwaith.'

'Be?' gofynnodd Edgar.

'Fel fysa fo'n gwbod beth oedd o'n 'i neud, yn *sorted*.'

'Boi da, gei di atebion mewn dau gachiad, gei di weld.'

'Ti'n gwbod be, Edgar?' Cydiodd Madog yn ei fraich a'u stopio ynghanol y stryd fawr eto. 'Dwi'n cael y teimlad fydd gynno fo ddim byd da i'w adrodd 'nôl, dim byd da o gwbl.'

Bojan

Gyrrodd Bojan Simonović heibio Mercedes CLA du ar ben yr allt ac ymlaen heibio tŷ'r targed. Gallai weld ei ddynion yn hanner cysgu yn seti blaen y Merc yn ei ddrych ôl. Blêr, blêr, meddyliodd Bojan yn ysgwyd ei ben gan basio dau ymgymerwr ac yna hers ac ymgymerwr arall yn pwyso ar ei do yn smocio. Parciodd ei gar i lawr yr allt ychydig geir heibio'r hers gan ddiffodd yr injan. Edrychodd o'i gwmpas ac ar y glaw yn dechrau disgyn. Roedd ffenestri tywyll yr hen Citroën Picasso arian yn berffaith i allu edrych yn ôl ar y targed heb iddi sylwi o gwbl arno. Yn wahanol i'r ddau glown i fyny'r allt yn y car rhent ffansi. Tynnodd ei iphone oddi ar y wifren oedd yn ei fwydo o'r twll taniwr sigarét a'i ddeffro. Pwniodd y sgrin a'i osod wrth ei glust.

'It's me, you can go now.' Gwrandawodd am ychydig gan godi'i aeliau ac ochneidio. 'I'm already here, fuckwit. Leave, slowly ok.'

Edrychodd ar y Merc yn goleuo'i lampau ar dop yr allt yn y drych ôl ac yn troi allan o'i fan parcio cyn rowlio'n araf i lawr yr allt heibio'r hers. Sylwodd y ddau was bach ddim ar eu meistr wrth ei basio a rowliodd Bojan ei lygaid tua'r nen gan dwt-twtian ar yr afradwyr twp. Doedd pethau byth mor slac â hyn yn ôl yn Serbia.

Arferai'i dad, Mirko Simonović, fod yn ddyn pwysig ym mheirianwaith llywodraeth Slobodan Milošević yn y dyddiau da ym Melgrad yn y nawdegau; yn y dyddiau cyn i'r diawliaid erlid Sloba a'i hel i'w fedd yn gynnar. Bu Mirko'n treulio'r blynyddoedd da hynny'n hwyluso'r ffordd i arian *sbar* llywodraeth Serbia ffeindio'i werth ar draws y ffin yn y rhyfel yn Bosnia. Gwaith cymhleth, cywrain, anghyfreithlon ac felly wrth gwrs yn waith hynod gudd.

Gwaith yn y cysgodion.

Pan ddymchwelwyd llywodraeth Gweriniaeth Federal Iwgoslafia fel y gelwid Serbia ar y pryd, ar droad y mileniwm, arestiwyd Sloba Milošević. Cafwyd rhybudd bod gwarantau hefyd wedi'u cyhoeddi i restio Mirko a'i debyg. Penderfynodd Mirko Simonović ddianc dros y ffin i Rwmania gan anelu am Moscow a gadael Bojan dan ofal ei ewyrth stoicaidd, Alexander. Doedd Bojan ddim wedi gweld ei dad ers y ffarwelio dagreuol yno ac yntau ar y pryd yn bedair ar ddeg mlwydd oed. Bu ei fam farw o ganser pan oedd yn chwe blwydd oed. Bu Bojan i bob pwrpas felly, yn amddifad am dros hanner ei fywyd. Roedd ganddo un frawddeg mewn Syrilig du trwchus wedi'i groenlunio i'w frest dros ei galon. Geiriau olaf ei Dad wrtho cyn iddo ddiflannu o'i fywyd, **Ми против њих**. Ni yn erbyn nhw.

Ni yn erbyn nhw.

Cydiodd yn y drych ôl i'w gywiro fymryn wrth weld dynion yn eu siwtiau tywyll yn hel y tu allan i dŷ drws nesa'r targed. Edrychodd arnyn nhw'n cario arch i lawr grisiau gardd flaen y tŷ teras a'r glaw yn dechrau curo'i gân rythmig ar ffenestr flaen y car. Trodd i edrych trwy'r ffenest ôl dywyll wrth i'r pedwar gario'r arch at gefn agored yr hers.

Dyma hi'n ymddangos. Rhiannon Edwards, y targed. Doedd Bojan ddim wedi ei gweld ers pum mlynedd ond doedd hi ddim wedi newid dim. Tynnodd hi sbectol oddi ar wyneb un o'r dynion yn annisgwyl iddo. Dechreuodd y ddau sgwrsio'n gyfeillgar a hithau'n rhoi'i sbectol yn ôl iddo. Roedd hi'n amlwg yn adnabod y dyn drws nesa 'ma'n eitha da. Aeth yr ymgymerwyr i mewn i'r hers ac ymhen ychydig dyma'r cymdogion yn eu dilyn.

Treuliodd Bojan weddill y diwrnod yn dilyn Rhiannon

Edwards o un lle i'r llall yn y ddinas fach twll tin ac i'r amlosgfa hyll ar y cyrion a edrychai'n briodol ddiflas yn y glaw. Yn ôl am y ddinas wedyn a'r orymdaith o hanner dwsin o geir hen a chyffredin yr olwg yn dilyn yr hers drwy'r strydoedd preswyl cul cyn dod i stop yng nghanol stryd ddinod ddim yn bell o dŷ Rhiannon Edwards. Gadawodd tuag ugain o bobl y ceir gan gynnwys y targed yn dringo allan o'r hers ar y blaen gyda help llaw ei chymydog. Arhosodd Bojan yn ei gerbyd wrth gefn y rhes a diffoddodd ei weipars wrth sylwi fod y glaw mân wedi peidio. Gwelodd un o'r ymgymerwyr, y smociwr, yn brysio hel rhes o gonau traffig a'u gosod un ar ben y llall wrth ochr chwith y lôn. Dychwelodd y dyn i'r hers a'i yrru i barcio ar flaen y llefydd cadw. Gwelodd Bojan y galarwyr yn diflannu i mewn i dafarn ar ben rhes o dai teras a gyrwyr y ceir diraen yn dilyn yr hers ac yn llenwi'r gofodau parcio. Gyrrodd yntau yn ei flaen a phasio'r dafarn, y Tap and Spile, cyn sleifio i le parcio cyfyng o dan goeden wedi gordyfu ar y dde. Arhosodd yno am rai oriau. Gadawodd yr hers yn eithaf buan. Yna, un ar ôl y llall, gadawodd y ceir. Dim golwg o Rhiannon Edwards. Gallai Bojan gadw golwg ar ddau fynediad y dafarn gornel brysur. A hithau'n tywyllu dyma'r ddau gymydog yn ymddangos, o'r diwedd, a dyn barfog mewn siwt ddrud yn cofleidio'r dyn drws nesa ac yn rhoi cusan ffarwél ar foch Edwards cyn cerdded yn simsan i mewn i dacsi disgwyledig. Cerddodd y ddau gymydog; eu breichiau am eu canol, o'i olwg i fyny'r allt gan anelu am eu tai. Arhosodd Bojan am ychydig cyn cychwyn injan y Citroën a'u dilyn. Parciodd yn ei hen le parcio yn wynebu'r ffordd arall mewn pryd i weld y ddau yn diflannu i mewn i dŷ Edwards yn anwesu ac yn cusanu. Diddorol, meddyliodd Bojan. Crynodd ei ffôn ar sêt y teithiwr wrth ei ochr. Trodd y ffôn drosodd ac edrych ar yr enw ar y sgrin. Y rhif 1 yn fawr arno. Cododd yr iphone at ei glust.

'Yes?' meddai, y gair yn gadael ei geg fel daeargryn bychan yn y caban tawel, llonydd. Gwrandawodd am ychydig. 'Tomorrow,' meddai wedyn cyn rhoi'r ffôn yn ôl ar ei wyneb ar sêt y teithiwr. Ochneidiodd Bojan a phlethu'i freichiau o'i flaen wrth grymanu yn ei sêt. Taniodd lampau golau'r stryd uwch ei ben wrth i'r düwch ddwyn y dydd.

Deffrodd o'i hanner cwsg, yn llonydd fel crwban, rai oriau'n ddiweddarach. Gwelodd, drwy holltau main ei lygaid a'u cloriau'n drwm fel blancedi gwlân drostynt, y ddau yn ailymddangos yn nrws ei thŷ. Gwlychodd ei wefusau gyda blaen ei dafod heb symud modfedd. Arhosodd i weld ble, os unrhyw le, roedden nhw am fynd; i fyny'r stryd, yntau i lawr tuag ato. I lawr oedd yr ateb a dyma Bojan yn llithro'i gorff yn araf o'r golwg i orwedd ei ben ar ei ffôn ar sêt y teithiwr. Clywodd y ddau yn siarad yn hwyliog wrth basio'r Citroën ar y pafin ar draws y lôn. Arhosodd am ychydig cyn codi i eistedd a'u gweld yn cerdded rownd y gornel o'i olwg ar waelod yr allt yn ei ddrych ôl. Cydiodd yn ei ffôn a'i roi yn ei boced cyn rhoi ei law o dan ei sêt a rhwygo Baikal 8mm o'i guddfan. Tynnodd y tâp gludiog arian trwchus yn ofalus oddi ar y llawddryll a'i lynu'n ôl dan y sêt. Estynnodd dawelydd allan o'r blwch menig a'i droi ddwywaith yn sownd i flaen y Baikal. Gofalodd bod ei swits diogelu ymlaen cyn rhoi'r erfyn wrth ei ochr ar y sêt, agor y drws a thynnu'r goriad o'r taniwr. Aeth allan o'r Citroën gan edrych o'i gwmpas yn hamddenol wrth ystwyrian a dylyfu gên. Neb i'w weld a'r llenni wedi'u cau ar y tai o'i gwmpas. Gwyrodd ac estyn y llawddryll cyn ei wthio i lawr blaen ei drowsus hyd nes fod yr handlen yn dal ar ben ei wregys â'r tawelydd yn anweddus o amlwg yn erbyn y tu mewn i'w goes dde. Agorodd ddrws ôl y Picasso cyn estyn a gwisgo côt law ddu. Caeodd ddrysau'r car yn dawel gan ddechrau cerdded lawr y stryd a'i gloi heb edrych yn ôl gyda'r botwm ar yr allwedd.

Cerddodd yn hamddenol i lawr yr allt yn dilyn y ddau â'r tawelydd yn oer fel rhew yn erbyn ei goes. Doedd Bojan ddim wedi saethu na chwaith anelu dryll o unrhyw ddisgrifiad at berson ers cyrraedd y wlad rhyfedd o heddychlon yma. Pum mlynedd ers iddo deimlo'r pwysau yna ar ei wregys wrth gerdded. Pum mlynedd ers iddo ladd ei wythfed ysglyfaeth. Perchennog ffatri ddillad yn Verona. Beth oedd ei enw hefyd? meddyliodd wrth wylio'r ddau ymhell i fyny'r lôn syth yn anelu am y ffordd fawr. Orlando, ia dyna fo, Vitto Orlando. Gwrthod cymryd rhagor o'r merched o Ddwyrain Ewrop wnaeth Vitto. Merched roedd ei gyflogwyr ar y pryd yn eu gwerthu fel caethweision llafur. Ciao, Vitto. A Bojan, wedyn, yn ychwanegu llosgi bwriadol at y rhestr faith o'i droseddau. Ni chafwyd hyd i ddim ond colsyn o gorff Signor Orlando, a Bojan wedi tyllu'r fwled siacedog allan o'i galon gynnes cyn tanio'r twmpath dillad yn ei swyddfa. Cafodd y llofruddiaeth ei chofnodi fel marwolaeth a thân amheus gan yr awdurdodau.

Doedd Bojan ddim yn mwynhau lladd. Doedd o ddim yn adnabod neb yn ei broffesiwn oedd yn cael boddhad o'r weithred. Wel, neb oedd yn dal ar dir y byw, beth bynnag. Bu iddo gyfarfod ag un, Vesna Milica, крв змаја (Gwaed y Ddraig). Dyna oedden nhw'n ei alw fo ym Melgrâd, ond doedd Vesna Milica'n ddim mwy, na llai, na dy seicopath arferol. Di-ddysg, cyfrwys, milain a didrugaredd. Mochyn o ddyn oedd wedi ffynnu ynghanol gwallgofrwydd cymdeithasol cyfnod y rhyfel. Gwyddai pawb ei fod wedi lladd dwsinau, ella cant neu fwy, o ddynion a merched. Plentyn hefyd, unwaith, yn ôl yr hyn a glywsai Bojan. Roedd Milica yn gweithio i'w ewyrth Alexander yn hel canran clan Surčin o arian y cyffuriau a werthwyd yno. Surčin oedd yr enw ar ardal eu hymerodraeth danddaearol, Mynnodd Alexander bod Vesna Milica i gychwyn mynd â Bojan, yn ddeunaw oed, o gwmpas efo fo, iddo gael dysgu'r drefn. Busnes y teulu, fel petai.

Doedd Bojan ddim yn hoff o'r dyn, y крв змаја 'ma. Ni ddangosai unrhyw barch at neb, heblaw am ei ewyrth. Ac roedd ei dueddiad i lyfu tin Alexander Simonović yn codi cyfog arno ac yn peri i wrych cefn ei wddf gosi fel pe bai ganddo chwain. Dyn ifanc tawel oedd Bojan, yn denau ac yn dal. Roedd erbyn hyn yn ddyn cyhyrog, tenau a thal, ond llawn mor dawel. Fel heddiw, doedd o ddim yn dawel yn ôl ym Melgrâd am ei fod yn swil neu'n ddihyder ond yn hytrach am ei fod yn hoffi toddi i'r cysgodion a gwylio beth oedd gan eraill i'w ddweud. Dysgu wrth wylio heb orfod datgelu dim o'i hun i neb.

Ar ei ddiwrnod olaf yn ninas ei fagwraeth, aeth Bojan gyda крв змаја i Progar, sef bro dlotaf ardal Surčin. Doedd fawr neb yn gweithio ym Mhrogar, hynny yw mewn gwaith dilys, cyfreithiol. Roedd y strydoedd cul yn llawn detritws a drewdod y tlawd a'r anobeithiol. Dillad di-raen, afliwiedig yn hongian mewn rhesi dibendraw, fel fflagiau cárnifal y difreintiedig ar draws y strydoedd coblo llawn tyllau a 'nialwch. Plant hanner noeth, budur, yn chwarae gyda'u teganau toredig, un yn crio'n unig ar stepen drws caeedig. Nodwyddau ar ymyl y pafin, eu chwistrellau wedi'u gwasgu i'r eithaf. Pob diferyn lleiaf wedi'i ddefnyddio.

'овде *lawr fama*,' meddai крв змаја wrtho wrth gerdded i lawr grisiau cerrig serth a chul i'r chwith. Dilynodd Bojan wrth iddynt naddu'u ffordd drwy hanner dwsin o strydoedd cefn a'r adeiladau lliw hufen yn codi'n uchel bob ochr iddyn nhw. Daeth крв змаја i stop wrth ddrws allan o bren caled, ei waelod llychlyd wedi'i wisgo'n igam ogam fel dannedd hen drempyn. 'остани иза мене *Aros hefo fi*,' meddai'r llofrudd yn swta gan agor y drws allan. Cerddodd y ddau i lawr llwybr tywyll a chul rhwng dau adeilad hynafol nes cyrraedd iard gefn amgaeedig o faint sylweddol ag ynddi bedwar cwt ci wedi'u gwneud o bren gyda waliau o weiren cwt ieir. Roedd un yn wag a dyma'r tri trigolyn arall yn chwyrnu'n effro cyn dechrau cyfarth yn ffyrnig arnynt. Gafaelgwn, a'u glafoer yn poeri'n wyn o'u cegau llydan ar y weiren denau. Cŵn ymladd.

'*Gregor Ruvarac, lle wyt ti'r twpsyn?*' bloeddiodd Vesna Milica tuag at ddrws cefn o'u blaenau o dan falconi bychan ystafell wely. Ciciodd Milica'r cwt agosaf ato. '*Cau dy ben, bwystfil twp.*' Cyfarthodd y ci'n uwch gan hyrddio'i ben yn erbyn y weiren i gyfeiriad esgid yr ymyrrwr.

Agorodd y drws cefn a daeth dyn mewn fest, a arferai fod yn wyn ryw dro yn y gorffennol pell, i'r golwg. Roedd yn sychu'i ddwylo gyda chadach ac yn gwenu'n nerfus ar ei ddau ymwelydd. '*Vesna, Vesna, croeso gyfaill,*' meddai gan godi'i ddwylo tuag at y cytiau i ddarbwyllo'r cŵn. '*Distaw rŵan, hogia. Taw arni, ia?*'

'*Gregor, y coc. Be ti 'di neud, rŵan, llusgo fi lawr i'r cachdy drewllyd yma? E?*'

'*Am be ti'n sôn, Vesna? Dwi ddim wedi dy alw yma...er, mae hi'n fraint, wrth gw...*'

'*Cau dy ben, twpsyn,*' chwyrnodd Vesna Milica wrth estyn llawddryll allan o gefn ei wregys.

Cododd Gregor Ruvarac ei ddwylo'n agored cyn cydio yn ei frest. '*Vesna, be dwi i fod wedi'i wneud?*'

'*Ynda,*' meddai Milica wrth gynnig y llawddryll i Bojan. Gafaelodd Bojan yn y Beretta M9 du wrth i'w gydweithiwr ochneidio'n ormodol a chicio hen grât coca-cola gwag oddi wrth y wal, ei droi ar ei ymyl ac eistedd arno. '*Neithiwr, yn y toiled 'ma ti'n galw'n gartre, roedd 'na gwrdd bach o dy ffrindia, oedd 'na ddim?*' Cododd Milica ei aeliau gan gynnig cyfle i'r dyn nerfus o'i flaen i wadu'r honiad. Ysgydwodd hwnnw'i ben yn araf, ei dafod allan ac yn gorwedd ar ei wefus isaf. '*Wedyn dyma chi'n penderfynu rhoi bach o ymarfer corff i'r cŵn yma, do ddim? A chditha, Gregor, yn agor llyfr ac yn gwerthu cwrw a dôp, heb sôn na gofyn caniatâd na dim byd felly.'*

Edrychodd Gregor yn syn arno. *'Fel ti'n dweud Vesna, dim ond ffrindiau'n hel am 'chydig o hwyl ganol wsos.'*

'Faint o bres 'nes di allan o'r cwrdd bach 'na, y coc digywilydd? E?'

'Vesna, Vesna, ty'd 'laen rŵan. Chwarae teg. Hanner dwsin o ffrindia.'

'Mwy fel ugian yn ôl be dwi 'di glywed. Faint o elw, Gregor? Ty'd rŵan paid â bod yn swil.'

'Dim lla...'

Cododd Milica ar ei draed a chydio'n wyllt yn y crât a'i hyrddio tuag at Gregor Ruvarac. Tarodd y crât coch y dyn ar asgwrn ei fraich wrth iddo amddiffyn ei wyneb gan wneud iddo ielpian fel ci'n cael cic.

'Cer i'w nôl, pob ffycin' ceiniog!' bloeddiodd Vesna Milica wrth i Gregor rwbio'i fraich â chlais porffor yn barod yn amlwg arni rhwng ei fysedd. *'Sydyn, cyn i fi golli' nhymer!'* Neidiodd Gregor wrth glywed Milica'n cyfarth a brysiodd, ei ben wedi'i wyro'n wasaidd, yn ôl trwy'r drws. Edrychodd Milica ar Bojan â gwen fach chwareus ar ei wyneb salw, sylwodd arno'n cydio yn y llawddryll yn ei ddwy law. *'Pwyntia fo fel tasa ti'n gwbod be ti'n neud, hogyn,'* meddai dan ei wynt a dyma Bojan yn teimlo'r cydbwysedd cyfforddus wrth gydio'r handlen yn ei law dde. Teimlai'n gyfarwydd ryfeddol iddo, fel gwisgo hen faneg.

Gwichiodd y drws cefn wrth i Gregor ailymddangos yn chwifio llond dwrn o bapurau Dinar yn llipa, rhywbeth tebyg i 5,000 ella, tybiodd Bojan. Cyflog cwpwl o fisoedd o leiaf yn yr ardal yma.

'Dyma'r cyfan?' gofynnodd Milica wrth gamu tuag at Gregor. Nodiodd hwnw wrth drosglwyddo'r arian i'r

gangster. *'Ti'n siŵr?'* Nodiodd Gregor eto heb edrych ar y cribddeiliwr hyll. *'Olreit, ta. Pwy 'run o rhain oedd yn cwffio gyn ti neithiwr?'* gofynnodd wrth gyfri'r arian a phwyntio gyda'i ben tuag at y cytiau.

'Branko, yr un agosaf atoch chi'n fanna.' Pwyntiodd i gyfeiriad y gafaelgi aeddfetaf o'r tri, ei stwcyn corff tywyll yn gyhyrau i gyd ac yn greithiau di-rif. *'Curodd o'n hawdd hefyd.'*

'Branko – y gwarchodwr. Dyna ystyr yr enw, ia ddim?' meddai Milica yn stwffio'r papurau Dinar ym mhoced blaen ei jîns. Edrychodd ar Bojan cyn gwyro'i ben i gyfeiriad Branko yn eistedd yn ufudd dawel yn ei gwt budur. *'Saetha'r cont ci, 'nei di?'* Crychodd talcen Bojan yn gymaint oherwydd natur annisgwyl y cais na dim byd arall. *'Tyrd yn dy flaen, hogyn. S'gynno ni ddim trw'r dydd.'*

'Plîs, Vesna, plîs,' erfyniodd Gregor Ruvarac, ei lais yn crynu a'i bengliniau'n plygu nes ei fod bron â syrthio o flaen Vesna Milica.

Chwarddodd hwnnw a dweud, *'Rhaid i chdi ddysgu, Gregor. Does neb yn gymaint â rhedeg bàth yn Progar heb bod ni'n cael gwbod amdano o flaen llaw. Dallt?'* Cymrodd Vesna Milica, Gwaed y Ddraig, gam yn ôl a rhoi cic i ddrws cwt Branko. Chwyrnodd hwnnw ar y weithred heb symud o'i eistedd.

'Vesna, Vesna, mae'n ddrwg gynno i,' criodd Gregor, ei ddwylo wedi'u plethu o'i flaen mewn gweddi.

Cododd Bojan y llawddryll yn esmwyth a saethu Vesna Milica unwaith ar ochr ei dalcen nes bod ffrwd o waed yn chwistrellu'n dywyll i'r llawr o'r twll bychan. Disgynnodd fel sach o lo. Trodd Bojan a saethu Gregor Ruvarac ddwywaith yn ei frest a hwnnw'n edrych yn syn arno, yn amlwg ddim yn deall beth oedd yn digwydd.

'Dim byd personol,' meddai Bojan wrth Gregor Ruvarac a

hwnnw'n garglo'i waed ei hun a swigod pinc yn popian yn ei geg agored. Cadwodd y llawddryll ym mhoced fewnol ei siaced ledr ddu a gwyro i chwilio am yr arian ym mhoced Vesna Milica. Pylsiodd y ffrwd waed o dalcen y gangster gan atgoffa Bojan o sôs coch yn dod allan o'r poteli plastig newydd 'na. *'Gwaed y Ddraig?'* mwmaliodd dan ei wynt wrth godi gyda'r arian yn ei law. *'Dim ond gwaed dyn, dwi'n weld.'*

Lluchiodd hanner y papurau Dinar ar gorff Milica. Doedd o ddim wedi bwriadu lladd neb heddiw, ac felly doedd o ddim wedi paratoi sut i wahanu ei hun o'r weithred. Gwyddai Bojan na fyddai ei ewyrth yn gallu maddau i neb, dim hyd yn oed mab ei frawd, am ladd un o'i weithwyr gorau. Fyddai defod yr isfyd ddim yn caniatáu'r fath weithred. Wedi'r cyfan, heb reolau, beth fyddai'n digwydd i'r byd?

Roedd rhaid dyfeisio cynllun cyflym, rhywbeth credadwy ond heb fod yn rhy amlwg.

Gwyddai fod ail ddryll Milica yn cuddio mewn gwain o gwmpas ei ffêr. Cododd waelod y goes denim a'i rhwygo o'i gwain yn gyflym; Beretta Bobcat bach o'r Eidal, stwmp o ddryll gyda'i daniwr bron ar flaen y baril. *Hoff iawn o'r Beretta, yr hen Gwaed y Ddraig,* meddyliodd. Rhoddodd yr arf yn llaw gelain Gregor Ruvarac, ei bwyntio tua'r awyr las-olau glir gan wasgu'i fys ar y taniwr nes iddo saethu'r lloer.

'Naeth o'r tro, meddyliodd wrth droi ei sylw at Vesna Milica. Cymerodd y Beretta M9 o'i siaced a'i osod yn llaw chwith y gangster gan ddefnyddio'i fys i saethu'r wal wrth gefn corff Gregor ar y llawr o'u blaenau. Tynnodd rhywbeth sylw Bojan uwchben y ffrwydriad sialc ar y wal sych a gwelodd rywun, ar amrant, yn diflannu i mewn i'r tŷ oddi ar y balconi llawr cynta. Hogyn ifanc.

Ffyc!

Gyda'r un symudiad dynol yna a welodd o gornel ei lygaid roedd cwrs bywyd Bojan wedi'i benderfynu. Doedd dim modd cuddio'i weithred waedlyd yn y iard fudur yma mwyach. Byddai'r bachgen hwnnw; mab meistr y cŵn ymladd siŵr o fod, yn cyhoeddi'i lofruddiaethau i'r awdurdodau cyn pen dim. Ac yna o fewn yr awr, byddai'i ewyrth, Alexander Simonović yn cael clywed rhywbeth tebyg i'r gwir.

Ffyc!

Gwyddai Bojan beth y byddai'n rhaid iddo'i wneud nesa. Doedd o ddim yn mynd i bendroni dros y mater. Roedd y ffordd ymlaen yn glir. Ni fyddai diben ceisio rhedeg. Ni fyddai'i ewyrth yn sbario unrhyw ymdrech wrth geisio'i lusgo'n ôl i Belgrâd. Byddai fiw iddo ddangos y fath wendid na sentimentalrwydd. Byddai'n ei ffeindio, a byddai'n ei ladd.

Chwipiodd y llawddryllau o ddwylo'r cyrff cyn rhuthro allan o'r iard yn ôl yr un ffordd ag y daethant. Brysiodd ei gamau drwy Progar gan anelu cyn sythed ag oedd y strydoedd cul a cham yn ei ganiatáu, am ardal Bečmen ynghanol Surčin ac yn benodol am dŷ Alexander Simonović.

Safai Beli Dvor, tŷ ei ewyrth, ar ben uchaf Bečmen yn edrych i lawr ar Surčin a gweddill Belgrâd tu hwnt. Roedd wal wen uchel a gardd flodau'r tu hwnt iddi yn amgylchynu'r eiddo a'r tŷ yn eistedd ar ben gogwydd. Ar ben y wal eisteddai weiren rasal mewn cylchoedd dryslyd. Cyrhaeddodd Bojan y giât haearn gadarn ynghanol y wal drws nesaf i'r giatiau awtomatig i foduron. Pwniodd 3876 i'r blwch rhifau wrth ymyl y giât a chlywed y clo yn agor gyda chlic ysgafn. Cymrodd Bojan eiliad neu ddwy i rwbio'r chwys oddi ar ei dalcen ac i roi trefn ar y llawddrylliau; un yn cuddio'r tu ôl i'w siaced yng ngwregys ei drowsus a'r llall, y Baretta Bobcat pwt, ym mhoced fewnol ei siaced. Gwthiodd drwy'r giât, ei chau, rhag ofn fod rhywun yn ei wylio o'r tŷ, a cherdded yn hamddenol i fyny'r llwybr. Fyddai o ddim yn disgwyl i neb fod yn edrych ar y system CCTV yn y swyddfa ddiogelwch yn y tŷ gan nad oedd unrhyw fygythiadau amlwg ar y pryd yn peri unrhyw ofid i'w ewyrth. Ond gwell oedd pwyllo; cymryd gofal; actio'n normal. Ym mhen dim cyrhaeddodd y feranda fechan a safodd o flaen y drws ffrynt, ei fol yn troi fel melin wynt a'i galon yn guriad tecno yn ei frest. Yn fwriadol, cnociodd ar y drws, er bod ei oriad yn ei boced.

Ymhen ychydig gwelodd y twll sbecian gwydr yng nghanol y drws soled yn tywyllu wrth i rywun sbïo pwy oedd yno.

Agorodd y drws a gwelodd Jasmina, ei fodryb yno'n rhythu'n flin. *''Di anghofio dy oriad eto?'*

'Sori,' atebodd Bojan yn edrych yn euog gan wenu'i wên mwyaf dengar. *'Ble mae Yncl?'*

Camodd y ddynes ganol oed i'r naill ochr a gwenu'n ôl arno. *'Lle ti'n feddwl? Lawr yn y seler, siŵr iawn.'*

'Wrth gwrs.' Roedd maes tanio hir i lawr yn y seler ynghyd â lloches ei ewyrth; bar, bwrdd pŵl, jiwcbocs ymysg teganau eraill tebyg. Roedd y seler wedi'i hynysu rhag sain i'r fath raddau nes bod ei ewyrth wedi cynnal gloddest buteiniaid yno unwaith heb i'w wraig glywed dim. *Perffaith*, meddyliodd Bojan. *'A Ratko?'* Ei gefnder deng mlwydd oed.

'Llofft, newydd ddod adref o'r ysgol, tap, tap, tap,' atebodd Jasmina Simonović ei bysedd yn chwifio mewn llinell o'i blaen wrth ddynwared ei mab ar y cyfrifiadur.

Gwenodd Bojan arni wrth gau'r drws ar ei ôl. Estynnodd y llawddryll o'i wregys gan wthio'i faril yn erbyn gwallt brithiog Jasmina Simonović a hithau'n cerdded i lawr y cyntedd. Taniodd y Beretta a disgynnodd ei fodryb fel petai rhywun wedi tynnu ei batris allan.

Neidiodd Bojan dros gorff ei fodryb a rhuthro am y grisiau llydan i'r chwith i'r cyntedd eang. Dringodd y grisiau marmor gwyn dair gris ar y tro er os oedd o'n gywir, fyddai Ratko Simonović ddim wedi clywed dim. Brysiodd i lawr y coridor, a lluniau'r teulu bach wedi chwyddo'n fawr ar y waliau. Pasiodd Bojan lun ohono'i hun a'i ewyrth yn cydio mewn dau bysgodyn mawr (er bod un Alexander Simonović dipyn mwy) a'r afon Danube yn y cefndir. Cyrhaeddodd ben draw'r coridor gan rhoi cic rymus i ddrws ystafell wely ei gefnder. Chwilfriwiodd y coedyn n gwmpas dolen y drws wrth iddo ffrwydro'n agored led y pen. Neidiodd Ratko yn ei sêt fach blastig wrth ei ddesg wrth droi i wynebu'i gefnder. Fel roedd Bojan wedi amau, roedd o'n gwisgo ei glustffonau mawr oedd yn cuddio hanner ei wyneb bach. Brasgamodd Bojan i mewn i'r stafell gan gydio yng ngobennydd ei gefnder oddi ar ei wely.

'Ian? Be ti'n ne...' dechreuodd yr hogyn a'i ddwylo i fyny o'i flaen ac ofn yn amlwg yn llenwi ei lygaid tywyll. Tynnodd Bojan ar ei wallt gan orfodi'r hogyn yn ei gadair i ddisgyn ar ei gefn ar lawr yr ystafell wely. Aeth i lawr ar un benglin a rhoddodd y gobennydd am ei wyneb a saethodd ei gefnder ddwywaith drwyddo a phlu gwyn yn hedfan fel eira o'u cwmpas.

Brysiodd Bojan ar ei draed a'r Baretta yn crynu yn ei law dde. Rhuthrodd allan o'r stafell ac i lawr y coridor a'r grisiau. Cymrodd gipolwg ar ei fodryb cyn brysio am ddrws y seler. Pwniodd 0009 i'r blwch rhifau gan wthio ar y drws dur. Ni ildiodd. *Damia!* Newidiai ei ewyrth y rhif bob wythnos ond fe daerai Bojan mai dyna'r rhif cyfredol cywir. 0009. Dim clic. 0009, eto. Dim byd.

Damia, damia, damia! Teimlodd y chwys yn pigo'i lygaid ac yn llifo i lawr ei fochau. Safodd yno'n meddwl am ychydig a'i fys yn chwifio o gwmpas y deg rhif ar y blwch wrth ei ochr. Mae'n rhaid fod ei ewyrth wedi newid y côd heddiw. Cysidrodd saethu'r clo ond gwyddai fod y drws wedi'i wneud o ddur trwchus a bod ganddo dri chlo (er anaml y byddai ewyrth yn defnyddio mwy na'r clo mortais canol yn ystod y dydd).

Un o'r rhifau a ailgylchid yn aml gan ei ewyrth oedd 1249, mis a blwyddyn ei eni. Rhoddodd gynnig arni ac er mawr ryddhad iddo, dyma'r drws yn symud fymryn wrth i'r clo ryddhau o'r ffrâm.

Gwthiodd Bojan y drws ar agor gan gadw'r Beretta yn ôl wrth ei gefn a rhoi trefn ar ei siaced. Ciciodd y drws ynghau ar ei ôl gan daro swits y golau ar y wal. Cerddodd dri cham ymlaen a gweld y grisiau i lawr i'r seler o'i flaen. Wrth ei ochr roedd drws ystafell monitro'r CCTV; canolbwynt diogelwch yr eiddo. Gwyddai Bojan na fyddai neb yno neu buasai'n farw erbyn hyn felly agorodd y drws yn sydyn. Roedd yr ystafell yn gwbl dywyll heblaw am fflachiadau bach amryliw, bychain goleuadau *standby* y gwahanol declynau. Caeodd y drws a chymrodd ychydig o amser eto i rwbio'i chwys oddi ar ei dalcen ac i dawelu ychydig ar ei nerfau. Sylwodd bod gwaed ar gefn ei law; gwaed ei fodryb neu'i gefnder. Tynnodd ei grys-t allan o'i drowsus gan wyro'i ben a defnyddio'i waelod i sychu'i wyneb yn drylwyr. Trodd ymyl gwaelod ei grys-t gwyn yn sgarled. Stwffiodd odre'i grys yn ôl yn ei drowsus wrth iddo gerdded lawr y grisiau marmor llwydaidd. Daeth tro, yna mwy o risiau, yna coridor hir a llydan gyda chasgliad gwin Alexander Simonović mewn rhes hir o'r llawr i'r nenfwd isel ar y wal dde. Roedd drws caeedig arall ym mhen draw'r coridor. Drws i'r lloches a'r maes tanio'r tu hwnt trwy ddrws arall.

Safodd Bojan wrth y drws yn cysidro'i gam nesaf. Ochneidiodd gan estyn y Beretta Bobcat bach allan o'i siaced a'i wthio i boced pen ôl ei drowsus. Agorodd y drws a chlywed y Beatles ar y jiwcbocs yn canu 'All You Need Is Love' ac arogl tybaco'n dew yn yr awyr er ymdrechion y peiriant hidlo'r aer.

"Ian!" meddai Alexander yn codi o'i gwrcwd dros y

bwrdd pŵl, ei giw yn pwyntio tuag at Bojan. *'Be ti'n neud adra mor fuan? Sut ddes ti fewn?'*

Eisteddai Darko Protić, crydd oedd yn hen gyfaill i'w ewyrth, ar stôl uchel wrth y bar y tu ôl i Alexander. Ni fyddai'n cario unrhyw arf, roedd Bojan yn eithaf sicr o hynny.

Gwyddai y byddai'n well gwneud y weithred yn gyflym a thawel ond wrth estyn y Beretta M9 o'i wregys canfyddodd ei hun yn dweud. *'Ma'n ddrwg gynno'i, ewyrth. Does gynno i ddim dewis.'* Pwyntiodd y llawddryll tuag at ei ewyrth wrth gerdded ymlaen at ochr arall y bwrdd pŵl.

'Be ti'n feddwl, dim dewis?' gofynnodd el ewyrth yn bwyllog gan roi'r ciw i lawr yn araf i orwedd yn erbyn ymyl y lliain porffor.

'Dwi wedi lladd Vesna Milica,' meddai Bojan.

'O,' meddai Alexander Simonović yn dangos ei gledrau i Bojan. *'Be 'di'r ots am hwnnw?'*

Gwyddai Bojan mai celwydd oedd hyn, a gwyddai mai dweud celwydd oedd yr unig beth y gallai ei ewyrth ei wneud i geisio'i ddarbwyllo. Dywedodd, wedyn. *'Dwi newydd saethu dy wraig a dy blentyn.'*

Prin cyn i'r gair olaf adael ei geg roedd Alexander Simonović wedi cydio yn y ciw ac yn y broses o'i godi, y gwylltio gwallgof yn amlwg ar ei wyneb, pan saethodd Bojan. Un, dwy, tair, pedair...nes bod dim bwledi'n weddill.

Roedd cwmwl o fwg yn hongian o dan olau llachar y bwrdd pŵl yn yr ystafell gymharol dywyll a'i ewyrth wedi diflannu ar lawr yr ochr draw. Lluchiodd Bojan y Beretta M9 ar y bwrdd ac estyn y Beretta Bobcat.

Eisteddai Darko Protić ar ei stôl, heb fod wedi symud modfedd. Aeth i'w boced yn araf wrth i Bojan bwyntio'r ail lawddryll ato ac estyn paced o sigaréts. Rhoddodd un yn ei geg wrth i Bojan gerdded tuag ato o amgylch y bwrdd.

Taniodd y crydd ei sigarét olaf gan sugno'n ddwfn arni a chwythu'r mwg allan am eiliadau tra syllai i lygaid ei laddwr.

'Wel, wel, Bojan bach. *Cachwr wyt ti wedi'r cyfan, jyst fel dy dad.*'

✳ ✳ ✳

Wrth gofio'n ôl, chwarddodd Bojan yn chwerw iddo'i hun. Cydiodd yn ngharn y Baikal 8mm yng ngwregys ei drowsus. Cofiodd y tro cyntaf iddo daro'i lygaid ar y llawddryll yn y cabinet wrth gefn y maes tanio, yn ôl ym Melgrâd.

Ar ôl y gyflafan.

Hwn oedd dryll bob dydd ei ewyrth; y baril wedi'i dyllu i gymryd rownds 9mm, i'w droi'n fwy angheuol. Roedd Bojan wedi'i gadw'r holl flynyddoedd. Wedi'i smyglo o wlad i wlad, er nad oedd yn llawddryll o unrhyw safon. Sentimentalrwydd? Atgoffâd? Troffi? Doedd o ddim yn siŵr.

Ta waeth meddyliodd, wrth i Rhiannon Edwards, yna'r dyn drws nesa ddiflannu oddi ar y pafin i'r chwith. Croesodd Bojan y lôn fawr dawel yn y cysgod cymharol rhwng y goleuadau stryd. Gwelodd adeilad mawr y pwll nofio gyferbyn ac aeth i'w boced ac estyn ei iphone.

'Where did you say she worked?' gofynnodd, y ddyfais wrth ei glust. 'She is the manager? She is in charge? Is Carl with you? How soon can you get down here? Make that five, but don't get stopped by the police. Park across the road.' Rhoddodd y ffôn yn ei boced ac aros.

Gwelodd y ddau lembo'n dod o bell yn eu Merc ar y lôn lydan. Camodd allan o'r cysgodion a daeth y car i stop wrth ei ochr a ffenest y teithiwr yn suddo ar agor.

Rhoddodd Bojan oriad ei Citroën i Carl yn sêt y teithiwr a siarad gyda'r gyrrwr. 'Get my car and wait for me across the road, by the entrance. Oh! And Darren, stay in the cars. Understood?'

'Boss,' atebodd y llabwst Darren yn cydio yn yr olwyn lywio.

Ochneidiodd Bojan, a chloriau'i lygaid yn drwm. 'Just say, yes. Yes, or ok.'

'Yes, boss.'

Ysgydwodd Bojan ei ben wrth godi o'u golwg a churo'n ysgafn ar do'r Merc. Wrth i'r ddau yrru i ffwrdd croesodd Bojan y ffordd fawr gan wasgu het pêl-fas ddu am ei ben a brasgamu tuag at flaen adeilad y pwll nofio. Aeth i bocedi allanol ei siaced ac estyn pâr o fenig lledr ysgafn du. Gwisgodd y menig a cheisio'r drws. Wedi cloi. Gallai weld ychydig o olau yn ymddangos o goridor pen draw'r cyntedd oddi fewn. Aeth unwaith eto i boced ei siaced ac estyn cas hir o ledr du wedi'i sipio ynghau. Agorodd y sip a dewis dau o'r dwsin o declynnau dur, hir a orweddai ynddo. Agorodd y clo mewn eiliadau. Edrychodd dros ei ysgwydd cyn brysio i mewn i'r adeilad a chau'r drws ar ei ôl yn dawel. Aeth trwy'r ail ddrws ac arhosodd am ychydig yn edrych i'r gornel dywyllaf yn y cyntedd gan roi cyfle i'w lygaid ymdopi â'r gwyll. Roedd yr adeilad yn dawel fel y bedd. Anelodd Bojan am oleuni cymharol y coridor ochr bella'r cyntedd. Clywodd leisiau'n bell i ffwrdd, yn atseinio fel pe baent mewn ogof. Ymlaciodd ychydig o wybod nad oedd yn debygol o ddod ar eu traws yn annisgwyl. Aeth i'w boced ac estyn amlen hir wedi'i phlygu'n hanner. Agorodd yr amlen a thynnu llun 7"x9" allan. Cerddodd i lawr y coridor yn araf a thawel gan gydio yn y Baikal a'i godi'n ofalus allan o'i wregys, y lleisiau'n codi'n uwch gyda phob cam. Un llais. Llais dyn.

Cymraeg y gogledd, tybiodd Bojan. Gwyddai nad oedd yn syniad da lladd dyn diniwed. Dyn nad oedd yn y gêm. *Fel 'na mae pethau'n dechrau mynd yn flêr, cops ymhob man a'r Giaffar yn mynd yn wallgo flin, a ballu.* Ac roedd o'n hapus yn gweithio o fewn y gyfundrefn; cymdeithas anghyfreithlon ei fòs, Adrian Jordan, Cymdeithas y Gath Ddu. Pe bai e'n gorfod lladd y dyn, byddai'n rhaid glanhau ar ei ôl. Defnyddio'r ddau dwpsyn 'na i'w helpu. Cyrhaeddodd waelod y coridor a gweld y golau yn ystafell newid y merched. Cerddodd i mewn a dilyn sŵn di-dor y llais nes cyrraedd agoriad gyda'r bàth traed bas yn llenwi'r bwlch.

Gallai weld dŵr y pwll yn llewyrch yr ychydig olau a ddeuai o du allan i'r neuadd a geiriau'r dyn yn llenwi'r gwagle eang fel llais cawr.

Ysgydwodd ei ben cyn tynnu ei esgidiau a'i sanau a chodi ychydig ar odre ei drowsus. Camodd i mewn i'r dŵr oer yn dawel a dal y llun o'i flaen, y llawddryll yn gorwedd yn erbyn ei glun yn ei law dde. Gwelodd Rhiannon yn cerdded tuag ato yn y tywyllwch. Ei chorff yn amlygu'i hun iddo wrth iddi agosáu at oleuni cymharol yr ystafell newid.

Roedd hi'n noeth ac yn hyfryd. Yn cerdded yn araf tuag ato fel duwies, fel cerflun marmor perffaith gan Michelangelo neu rywun. Roedd Bojan Simonović yn gegagored.

Rhiannon

Sylwodd ar y dynion yn y Mercedes eto wrth weld yr hers yn gyrru heibio'i thŷ ac yn parcio. Gwyddai mai Adrian oedd wrth wraidd hyn.

Pwy arall ond?

Roedd y ddau lwmp mawr yno ddoe hefyd, yn edrych fel dau orila mewn llong ofod. Os oedd hi'n mynd i ddweud y gwir wrth Madog, heddiw ella fyddai ei chyfle olaf. Diwrnod cnebrwng ei fam.

Dim yn *ideal!* meddyliodd wrth symud i ffwrdd oddi wrth y ffenest ac eistedd ar ris isaf y grisiau'n rhoi ei Nikes gwyn am ei thraed. 'Sa Nans yn malio dim be 'sa neb yn gwisgo i'w chnebs; "G'newch be liciwch chi 'efo fi wedyn, pan dwi 'di mynd dwi 'di mynd, yn do?" Dyna rai o eiriau olaf Nansi Roberts wrthi yn Ysbyty Gwynedd a hithau prin â'r nerth i afael yn llaw Rhiannon; y ddynes wedi'i gwasgu'n sach o groen sych, fel pe bai'n sbwnj, gan y canser.

Ysai Rhiannon i wyro tuag ati a sibrwd yn ei chlust eu bod yn perthyn, ei bod hi'n nain i'w phlentyn. Ond gwyddai y buasai'r datganiad wedi bod yn greulon iddi, yn annheg. Fyddai hi byth wedi gallu deall pam nad oedd hi wedi cael gweld ei hwyres, pam nad oedd hi'n cael gwybod am ei bodolaeth tan ei bod ar ei gwely angau.

Gwyddai Rhiannon hefyd nad oedd hi'n gallu dweud enw ei merch wrthi. Enw wyres Nansi. Mair, oedd yr enw a roddwyd arni, ganddi hi ac Adrian, pan ganwyd y ferch. Ond erbyn hyn, pwy a ŵyr. Roedd hi'n naw mlwydd oed ac yn byw yn Seland Newydd gyda chwaer Rhiannon. Wel, dyna oedd hi'n feddwl, beth bynnag. Ella eu bod nhw wedi symud. Doedd hi ddim mewn cysylltiad gyda nhw rhag ofn bod Adrian yn gwylio.

A beth bynnag, gwyddai hefyd mai annheg fyddai dweud wrth Nansi cyn sôn gair wrth ei mab, Madog. Madog Roberts, tad ei merch.

Dyna oedd gorchwyl y dydd. Dweud y gwir wrth Madog cyn ei bod hi'n rhy hwyr. Cyn bod Adrian Jordan yn ailgydio yn ei bywyd. Edrychodd arni'i hun yn y drych wrth y drws ffrynt a thwtio 'chydig ar ei gwallt du, afreolus. *Now or never*, 'y ngeneth i. Blydi hel, am fés. Agorodd y drws ffrynt a gweld Madog yn cario'i fam am yr hers, roedd hi wedi dechrau bwrw ac roedd y Mercedes wedi diflannu.

✳   ✳   ✳

'Fewn am goffi?' gofynnodd wrth waelod grisiau eu tai. Roedd hi'n cydio ym mraich Madog, y ddau yn cefnogi'i gilydd wedi'r goryfed yn y Tap, er nad oedd Rhiannon yn teimlo'n chwil o gwbl.

'Well i fi...ma gynno i waith yn...' meddai Madog yn pwyntio tua'i risau'i hun gyda'i ên.

'Ti'n dallt na dim coffi dwi'n feddwl, yn dwyt?'

'O!' Meddai Madog yn edrych yn swil arni cyn dechrau chwerthin.

Roedden nhw'n cusanu cyn i Rhiannon gael cyfle i gicio'r drws ffrynt ynghau ac yn tynnu ar ddillad ei gilydd wrth gofleidio'n flêr tuag at y grisiau. Dringodd y ddau i'w gwely'n noeth gan adael rhes o'u dillad yn llwybr o'r cyntedd i'r gyrchfan rhyw. Crynodd Madog yn ei breichiau wrth iddynt ymroi yn llwyr i'r weithred, a dwyster ei angerdd yn amlwg yn ei gusanu nwydus. Gwyddai Rhiannon yn y foment honno, o sicrwydd, fod Madog yn ei charu.

Meddyliodd wedyn, wrth eistedd i fyny yn y gwely yn

chwilio am fygyn electronig yn y drôr wrth ei hymyl, sut i ddechrau esbonio am eu merch. Ble i gychwyn? Cerddodd Madog yn ôl i'r stafell wely, eu dillad wedi'u pentyrru yn ei ddwylo. Ddim yn fama, meddyliodd.

✳   ✳   ✳

Y pwll nofio. Hoff le Rhiannon pan yn wag. Dim heb ddŵr, felly, ond heb bobl. Pwy ddudodd, hefyd? meddyliodd wrthi hi ei hun wrth gerdded wysg ei chefn ar y pafin tuag at ei lle gwaith yn edrych ar wyneb annwyl Madog, "does unman mwy gwag na phwll nofio gwag". Rhywun oedd yn gwbod am beth roedd o'n sôn. Cafodd gipolwg ar rywbeth yn symud yn y cysgodion i fyny'r lôn wrth gefn Madog. Rhywun yn eu dilyn nhw ella? Er, doedd dim golwg wedi bod o'r Mercedes y tu allan i'w thŷ na neb diarth o gwmpas y lle. Dychmygu'r peth oedd hi, siŵr o fod.

Y paranoia yn dychwelyd; hen ffrind.

✳   ✳   ✳

Cerddodd Rhiannon ar flaenau'i thraed trwy'r bàth bas rhynllyd i dywyllwch neuadd y pwll nofio. Brysiodd i'r ymyl isel a neidio i'r dŵr. Gan ei bod hi'n gwybod beth i'w ddisgwyl o ran tymheredd, doedd dim rhaid torri iâs. Camodd ymlaen nes bod y dŵr wedi dringo heibio'i chanol noeth cyn gwthio'i hun ymlaen a nofio broga tuag at ganol y pwll; ei wyneb yn ddu fel olew. *Be fydd o'n feddwl ohona i? Be fydd o'n ddeud? Més, més, més*, meddyliodd a strôc yn gyfeiliant i rythm y geiriau. Trodd ar ei chefn â'r ôl-strôc yn gyfeiliant i'r *més, més, més*. Gwelodd Madog wrth ymyl agosa'r pwll yn sefyll yn ei focsyrs a thywel dros ei ysgwydd.

'Wel, dyma fi,' meddai'r silowét du yn y gwyll. 'Er, sgynno

i'm syniad be uffar da ni'n neud yma, chwaith ... braidd yn dywyll, ti'm yn meddwl?'

Roedd o'n swnio fel bachgen bach ar goll a gwenodd Rhiannon wên felancolaidd iddi'i hun yn y tywyllwch. 'Ddoi di i arfer, ddigon handi. Tyn nhw.' meddai, a'i geiriau'n atseinio yn y gwagle.

'Be?'

'Wel, dim dy sbectols, naci. Dy drôns, Madsi, dy drôns!' Nofiodd ar ei chefn yn araf tuag at ymyl yr ochr ddofn, yn teimlo am y wal.

'Be 'da ni'n neud yma, Rhi?' gofynnodd Madog eto, fel pe bai'n synhwyro bod rhywbeth mawr ganddi i'w ddweud.

Cododd Rhiannon allan o'r dŵr a throi i eistedd ar yr ymyl. Gwelodd Madog yn eistedd union gyferbyn â hi, ei groen yn dywyll fel delw efydd yn ngolau pitw oren y stryd tu allan. 'Ti'n gwbod pan ddes i'n ôl o Gaerdydd?' dechreuodd, er nad oedd hi'n gwybod beth roedd hi am ei ddweud nesa. 'Yr adeg honno.'

'Deng mlynadd nôl? Cnebrwn dy dad.'

'Ia, wel...' Ciciodd y dŵr gyda'i choesau'n ddifeddwl. 'Ti'n cofio chdi'n gofyn i fi aros?' Synhwyrodd ei embaras yn don anweladwy yn brysio tuag ati ar draws y pwll. 'A finna, fel bitsh, yn gadal heb ddeud gair?'

'Be di'r ots, rŵan hyn? Hen newyddion,' meddai Madog yn drist o dawel. Roedd ei lais fel y dychmygai Rhiannon y byddai llais mynach yn swnio.

'I chdi Madsi, dim i fi.' Stopiodd chwarae gyda'r dŵr gan syllu'n dawel arno am amser hir. *Dyma ni, dyma ni. Ffyc, ffyc, ffyc.* Llonyddodd dŵr y pwll. 'Ma gynno i ferch fach.'

'Sori?' Gwelodd ysgwyddau Madog yn codi mewn braw.

Ma gynno i, i, i, ferch fach. 'Mae hi'n wyth oed, mis Mawrth.' *Celwydd, pam celwydd?* 'Mae hi'n byw hefo'n chwaer yn New Zealand. Mair.'

'O'n i'n meddwl mai Enid oedd enw dy chwaer?'

''N'hogan bach, Madsi. Mair 'di henw hi, lembo.' *Ma gynno i ferch fach.*

'Be ti'n ddeud, Rhiannon? Fi 'di'i thad hi?'

Chwarddodd Rhiannon ychydig yn ormodol, yn greulon o ormodol. 'Blydi hel, naci siŵr iawn. Tydi maths ddim yn un o dy *strong points* di, nacdi. Dim eliffant ydw i, Madog, y crinc.'

'Pam ti'n deu'tha fi rŵan ta?'

'Doedd Mam hyd yn oed ddim yn gwbod. Neb ym Mangor. Chdi di'r cynta.' Tynnodd ar ei gwallt a'i wasgu a'i droi yn rhaff ddu gan deimlo'r dŵr yn dianc rhwng ei bysedd. *Be ti'n neud Rhiannon, y twpsyn? Be ffwc ti'n feddwl ti'n neud?* 'Rhannu cyfrinachau, Madog. Rhwbath dydi'r un o'r ddau ohonan ni dda iawn am wneud, ti'm yn cytuno?'

'Wel, dwi'n gaddo un peth wrthoch chdi. Does gynno i ddim un cyfrinach debyg i honna. Be ddiawl mae hi'n neud yn Seland Newydd, Rhi?'

'Stori hir.' *A hanner y stori fydd hi hefyd, Madog bach, hanner y stori.*

'Wel?'

'Chdi gynta,' meddai Rhiannon yn codi ar ei thraed.

*　　*　　*

Doedd hi ddim ond yn hanner gwrando ar stori Madog pan welodd hi'r dyn yn camu i'r golwg yn yr adwy i'r ystafelloedd newid. Teimlodd ei chalon yn fferru am eiliad mewn braw, fel pe bai'n cael ei chosi gan gannoedd o fysedd bach prysur. Sylwodd ar lawddryll hir yn ei law dde. *Silencer, shit!* Roedd hi'n gwybod bod rhywun yn mynd i ymweld â hi cyn hir. Ond ddim heno, ddim yn fama. Meddyliodd am Madog, un gobaith oedd ganddi i achub ei fywyd. Os byddai Madog yn gweld y dyn, byddai'r dyn yn siŵr o'i ladd. Dechreuodd gerdded tuag at y dyn yn dawel gan gadw golwg ar Madog ar ei gefn yn parablu am ryw ddafad anabl.

Wrth agosáu sylwodd ar ddau beth ar unwaith. Bojan oedd y dyn. *Mae o wedi gyrru Bojan. Shit!* Yna'r ffotograff mawr yn ei law chwith. Hogan ifanc, dlos yn gwenu fel giât ac yn brwsio mwng ceffyl bychan. Mair!

Cododd Bojan y llawddryll fel bys gan roi'r tawelydd at ganol ei wefus; yn dawel bach, oedd o'n dweud wrthi. Sylwodd Rhiannon fod ei lygaid yn gloddesta ar ei chorff noeth ond doedd hi'n malio dim. Roedd y diawliaid wedi ffeindio Mair. Beth mae'r Sais yn ei ddweud? *"All bets are off."* Dechreuodd Bojan gerdded am yn ôl drwy'r bàth cemegol a dilynodd Rhiannon gan gymryd un cipolwg olaf ar Madog; roedd ei lais yn llenwi'r gwagle a thorodd ei chalon ryw fymryn wrth edrych arno, ella, am y tro olaf.

Roedd hi wedi gwisgo'n gyflym wrth wylio Bojan yn sychu'i draed ac yn ailwisgo'i sanau a'i sgidiau drud yr olwg. Roedd o'n gwenu'i wên ansylweddol arferol, fel pe bai'n gwybod rhywbeth doedd hi ddim. Roedd hyn yn wir hefyd, wrth gwrs. Cododd a dechrau cerdded allan o'r ystafell newid gan wybod y byddai'n ei ddilyn fel ci ufudd. Doedd ganddi hi ddim dewis.

'Do you have spare?' gofynnodd Bojan, ei lais yn gwbl ddigynnwrf wrth ddrysau blaen y pwll nofio. Aeth Rhiannon drwy'i thusw o oriadau a dangos dau oriad iddo. 'Take one off.'

'I can never do a thing with these rings,' meddai Rhiannon yn ffidlan gyda'r modrwyon arian oedd yn dal y dwsin neu fwy o oriadau ynghlwm. Canodd llais Madog fel pe bai drwy uchelseinydd yn y pellter.

Ochneidiodd Bojan a chadw'i ddryll i lawr blaen ei drowsus. Rhoddodd y llun i Rhiannon a thynnodd ei fenig a'u hanner cadw ym mhoced ei din. Cydiodd yn y tusw gan ymrafael gyda'r modrwyon am eiliad neu ddwy gan ryddhau un o'r goriadau.

Syllodd Rhiannon ar lun ei merch. Roedd hi'n debyg iddi. *Wrth gwrs ei bod hi, lembo!* Teimlodd ddagrau'n cronni yn ei llygaid wrth iddi fyseddu delwedd corff ei merch yn ysgafn. Fel pe bai yno o'i blaen. Roedd wedi'i hudo gan ei phrydferthwch.

'Let's go,' meddai Bojan yn ei llusgo'n ôl i'r byd go iawn.

'Where?' gofynnodd, er ei bod eisioes yn gwybod yr ateb.

Gwyddai Bojan ei bod hi'n gwybod hefyd. 'You know. Now move. Don't mention the swimmer to these boys, they don't have to know.'

'You mean Adrian doesn't have to know.' Tawelodd llais Madog yn y cefndir.

Agorodd Bojan ddrws canol y cyntedd a'i gwahodd allan o'i flaen gan roi ei goriadau yn ôl iddi a lluchio'r un a ddatgymalodd o'r tusw ar y llawr. 'It's open,' meddai wrth Rhiannon wrth iddi chwilio am oriad y drws ffrynt. Gwthiodd allan i'r noson oer a'i gwallt gwlyb mwyaf sydyn fel het o rew am ei phen. 'Lock it,' gorchmynnodd Bojan.

Gwthiodd hi o'i flaen i fyny llwybr y pwll nofio a gwelodd Rhiannon y Mercedes du yn aros wrth y giât, ei injan yn canu grwndi a dyn mawr penfoel yn eistedd yn sêt y gyrrwr.

'Wait,' chwyrnodd Bojan yn dawel wrth ei chefn. Arhosodd Rhiannon ac aeth Bojan heibio iddi gan edrych i fyny ac i lawr y stryd. Edrychodd yn ôl arni a nodio. Cerddodd y ddau drwy'r giât a daeth dyn penfoel arall, digon tebyg i'r cyntaf, allan o ddrws gyrrwr Citroën Picasso arian o flaen y Mercedes.

'In the car,' meddai Bojan gan afael ynddi am y tro cyntaf. Roedd ei law fel feis am ei braich a gwthiwyd hi tuag at y

Citroën. Ufuddhaodd Rhiannon, doedd dim pwynt gwneud dim byd llai. 'Go home,' meddai Bojan wrth y dyn penfoel.

'Home home?' gofynnodd y dyn wrth i Rhiannon agor drws y teithiwr. Gwelodd Bojan yn nodio arno a thybiai mai mynd yn ôl i Gaerdydd roedd y parti bach yma.

Pum munud. Dyna faint o amser roedd Bojan wedi caniatáu iddi lenwi un siwtces ac yntau'n ei dilyn hi o gwmpas ei llofft wrth iddi hel ei dillad, dillad isaf ac ambell lun ac eiddo personol eraill.

Cychwynnodd y daith mewn tawelwch heblaw am dwrw undonog y weipars wrth i'r glaw ddechrau disgyn wrth basio Caernarfon. Erbyn i'r rwber ddechrau gwichian ar y ffenest sych wrth iddynt basio stribyn golau coch mast Nebo roedd Rhiannon wedi penderfynu sut i gychwyn trafod gyda'r hen elyn. Diffoddodd Bojan y weipars gan greu gwagle byddarol o ddistaw yn y caban.

'Why didn't we take the posh car?' gofynnodd Rhiannon. Edrychodd Bojan arni am amser hir gan godi ofn arni a'i gyrru yn y pen draw i edrych ar y ffordd o'u blaen. Roedd hi'n syth fel nodwydd a'r Citroën yn ddedwydd ynghanol ei lôn. 'Jesus, how do you do that?' Edrychodd hi'n ôl ar Bojan oedd yn dal i syllu arni. 'Ocê, ocê,' udodd Rhiannon trwy'i dannedd wrth wingo yn ei sêt a chydio yn y dash gyda blaen ei gwinedd. Dychwelodd y tawelwch fel blanced drostynt.

Heibio Dolgellau â chloc gor-wyrdd y dash yn datgan 03.36 gofynnodd Rhiannon iddo. 'Who found her?' Edrychodd allan o'i blaen ar fflachiadau'r llinell wen wrth ofyn. Yna wedi eiliadau o'r distawrwydd cyfarwydd, ategodd. 'You?'

Symudodd Bojan ar fochau'i din a chymryd anadl hir a swnllyd trwy'i drwyn. 'Yes,' meddai o'r diwedd.

Gwyddai Rhiannon fod hyn yn newyddion da ac yn newyddion drwg. Os oedd Adrian wedi gyrru Bojan i ffeindio'i merch gwyddai Rhiannon fod y dyn yn broffesiynol ac yn anhebygol o dynnu sylw ato'i hun drwy weithredu'n fyrbwyll mewn gwlad ddiarth. Yn anffodus, roedd hi hefyd yn ymwybodol fod Bojan Simonović yn ddyn hynod o beryg.

'Where is she, Bojan?'

'No more questions.'

Aeth y car yn ei flaen yn y tywyllwch.

Ychydig dros awr yn ddiweddarach dechreuodd Rhiannon, 'You know the last time I saw you was the last day I spent with my daughter. The last time I spoke to her. The last time I kissed her.'

Ddywedodd Bojan ddim byd, dim ond edrych yn ei flaen ar olau'r lampau blaen.

'She was six years old. Six years old.' Dechreuodd dagrau hel yn ei llygaid. 'Tell me she's ok, Bojan.'

Gyrrodd y car i mewn i Rhaeadr a gwelodd Rhiannon yn y pellter, yn segur wrth y gyffordd ar y chwith ger ganolfan hamdden fawr, gar heddlu. 'Tell me where she is, Bojan. Or I start banging on this window.'

Roedd y Citroën yn ddigon agos at gar yr heddlu i'w gwneud hi'n amheus i Bojan wneud dim ond gyrru yn ei flaen. Edrychodd arni a Rhiannon yn rhythu'n ôl arno, ei llygaid yn goch llidiog.

Dywedodd yn bwyllog. 'She is still in New Zeland, with your sister.' Gyrrodd heibio'r heddlu a sylwodd Rhiannon fod y plismon yn cysgu'n gegagored yn sêt y gyrrwr.

'You didn't take her?'

'No more questions.'

'Why?'

'She's being watched. Ok?'

'Jesus, Bojan. She's a child, just a little girl.'

'No more talking. Get some sleep.'

Gafaelodd Rhiannon yn ei breichiau gan rwbio'r oerfel oddi arnynt cyn chwythu i gwpan ei dwylo a dweud, 'Can we have some heat?'

Dechreuodd droi'r deial gwres pan afaelodd Bojan yn ei llaw. 'Just a little or it makes me drowsy.'

Eisteddodd Rhiannon yn ôl yn ei sêt gan edrych ar y cloc ar y dash. Dychmygodd yr amser yn troi am yn ôl, yn carlamu yn ôl i'r gorffennol. Y dyn drwg yma wrth ei hochr yn ei hebrwng hi'n ôl i'r dyddiau drwg, at ddyn drwg arall. Dyn gwaeth. Y dyn gwaethaf.

Adrian

Eisteddai Adrian Jordan i fyny yn erbyn y pen gwely o ledr meddal moethus, yn edrych ar y teledu crwm anferth ar y wal gyferbyn. Gwelai George Clooney yn brasgamu mewn cadwyni trwy gors ym Mherfeddion y De, newydd ddianc rhag y criw cadwyn, mewn tawelwch perffaith a sain y teledu wedi'i ddiffodd. Gorweddai dwy ferch noeth, un bob ochr iddo, wedi'u hanner gorchuddio dan gynfas sidan.

Chwarddodd Sheryl, neu Leeza, yr un ar y dde, wrth i'r camera ddangos y panig doniol ar wyneb y seren; yn slymio hi mewn ffilm ddigrif. Roedd Leeza, neu Sheryl – yr un ar y chwith, wedi disgyn i gysgu a'i phen ar ei fol cyhyrog. Roedd hi'n dal i gydio yn ei bidyn llipa.

Cofiodd fod Leeza, *fi'n sillafu fe 'da two e's and a zed,* yn siarad Cymraeg, o ryw fath, a dywedodd. 'Pasia'r ffôn 'na i fi, nei di dol?'

'Sorry, sweetie pie?' atebodd Sheryl heb dynnu'i llygaid oddi ar y sgrin.

'Phone!' meddai Adrian wedyn wrth estyn ei law ar draws ei bronnau noeth. 'And put those beats on, you can listen to the movie.'

'I'm fine,' meddai Sheryl yn rhoi'r ffôn symudol rhad iddo.

'Put them on,' gorchmynnodd Adrian gan wneud iddi wgu arno wrth estyn y clustffonau coch a'u gwisgo.

Pwniodd Adrian fotymau bychan y Nokia 108 yn ofalus a'i roi wrth ei glust chwith, gan fod yr hyn oedd yn weddill o'i glust dde yn fyddar. Edrychodd lawr i wneud yn siŵr fod Leeza'n cysgu cyn clywed llais Bojan, rhywle yn ngogledd y wlad. 'Yes?'

'When are you coming down with the package?' gofynnodd Adrian gan roi mwythau i'r graith fawr lefn ar ochr dde ei ben.

'Tomorrow.'

'Remember. Be careful with it, I want it to be pristine.' Yn berffaith, fel roedd o'n ei chofio. Aeth y ffôn yn farw heb ateb. Dyn o ychydig eiriau oedd Bojan Simonović, un o brif rinweddau ei gymeriad; hynny, a'i allu i ddosbarthu lefelau rhyfeddol o drais heb wingo na chwyno; fel pe bai'n fwtsiwr mewn lladd-dy.

Fe yrrodd Bojan ar ei hôl, unwaith o'r blaen, a'r gorchymyn y tro hwnnw oedd i'w lladd. Ei lladd a'i gwaredu fel nad oedd unrhyw ôl ohoni ar y ddaear. Ond, chwarae teg, roedd Adrian yn wallgof oddi ar ei ben ar cocên ac mewn poen annioddefol ar y pryd, yr hyn fyddai'r Sais yn ei alw'n *extenuating circumstances*.

Ond, wrth gwrs, y tro hwnnw roedd ganddi Mair. Ei ferch fach brydferth. Erbyn i Bojan ddarganfod Rhiannon, ddiwrnodau'n ddiweddarach, doedd dim golwg o Mair. Ac roedd llythyr wedi cyrraedd Adrian oddi wrth Rhiannon yn dweud na fyddai fyth eto'n gweld ei ferch os byddai'n ymyrryd yn ei bywyd. Pe bai'n gadael llonydd iddi, byddai hi'n rhoi gwybod iddo ble roedd Mair ar ei phen-blwydd yn un ar bymtheg. Dim diwrnod ynghynt.

Bitsh!

Ar y pryd, roedd o'n fodlon cyfaddef, doedd pethau ddim wedi bod yn rhy dda rhyngddynt. Roedd o wedi cychwyn ar y crac. Yn smocio bob nos ac yn aros allan tan yr oriau mân. Roedd Rhiannon fel petai wedi anghofio ei bod hithau hefyd wedi ymbleseru yn y cyffuriau caled cyn i Mair gyrraedd. Ond na! Nag, nag, nag. Byth yn gwenu, byth isio ffwcio. Edrych arno fel pe bai'n ei gasáu, neu'n waeth fyth fel be bai ganddi drueni drosto.

Ond doedd o erioed wedi'i cham-drin. Erioed wedi'i tharo. Erioed wedi'i bygwth, hyd yn oed.

Felly, pan luchiodd hi'r gwpaned o de chwilboeth i'w wyneb a'i giclo yn ei geilliau, roedd y weithred yn gwbl annisgwyl. Yn gwbl annerbyniol ac yn anesgusodol. Yna fe gymrodd hi'r tecell a thywallt gweddill y dŵr berwedig ar ei ben ac yntau'n sgrechian mewn poen ar lawr y gegin.

Newidiwyd ei fywyd. Cafodd nifer o lawdriniaethau i'r llosg trydydd radd o fewn ei glust a llosgfeydd ail radd ar ochr ei wyneb. Ond, er y sylw meddygol gorau, collodd ei glyw yn ei glust dde. Collodd ei wallt ar ochr ei ben. Dechreuodd ddioddef o gur pen meigrynnaidd echrydus oedd yn waeth fyth pan gymerai'r cocên.

Ffycin bitsh!

Yr hyn oedd yn amlwg erbyn i Bojan ei ddarganfod, yn ôl yn nhŷ ei mam ym Mangor, oedd ei bod wedi trefnu'r holl beth ers amser. Wedi'i gynllunio'n ofalus. Gwyddai Rhiannon mai'r unig berson yn y byd oedd yn golygu rhywbeth iddo bellach oedd ei ferch fach annwyl. Ac roedd hi wedi'i dwyn oddi arno. Wedi'i chuddio. Allai o ddim mynd at yr awdurdodau gan y byddai hynny'n arwain at gwestiynau anodd, heb sôn am y ffaith y byddai hynny'n torri un o reolau mwyaf sanctaidd y Gymdeithas: does neb i siarad gyda'r heddlu. Ddim hyd yn oed y bòs. Ddim yn swyddogol, beth bynnag. Roedd gan y Gymdeithas ddwsin neu fwy o heddlu oedd yn fodlon derbyn cilddyrnau; er nad oedd unrhyw un ohonynt yn gwybod am fodolaeth eu tâl-feistri – Cymdeithas y Gath Ddu.

Gwyddai na fyddai Rhiannon yn niweidio'u merch ond gwyddai hefyd ei bod wedi ei chuddio yn rhywle ymhell o'i afael; neu fyddai Rhiannon ei hun fyth yn fodlon dod i'r amlwg ac o fewn ei afael.

Pedair awr i fyny'r A470! *For fucks sakes!*

Eu merch, Mair fach, oedd ei hyswiriant. Ei hyswiriant yn erbyn llid a thrais Adrian Jordan. Gwyddai hefyd na fyddai Rhiannon fyth yn dweud ble y cuddiwyd hi, ddim hyd yn oed pe byddai Bojan yn rhoi ei waethaf arni hi.

Ond nawr, roedd o wedi darganfod ei ferch. Cymrodd bron i bedair blynedd iddo'i ffeindio. Ond wedi iddo ddarganfod fod gan Rhiannon chwaer, chwaer na soniwyd amdani wrtho erioed, daeth pethau'n haws wedyn. Does neb yn gallu cuddio am byth.

Neb.

Buon nhw'n gyfrwys yn newid enw Mair i Mary. Ac oherwydd bod ei chwaer wedi priodi, roedd hi wedi cymryd peth amser i'w darganfod yn byw ar fferm fechan tu allan i dref Gisborne yn ngorllewin North Island, Seland Newydd. Ac yno roedd Mr Geoffrey Randall, ei wraig Enid a'u tri o blant Dafydd, Idwal a 'Mary'.

Ffoniodd Bojan o'r diwrnod hwnnw, bron i fis ynghynt, o giât y fferm.

'You want I go in?'

Na, oedd ateb Adrian; aros a disgwyl. Ella y byddai Mair yn cofio Bojan gan ei fod o gwmpas Pen y Parc yn eithaf aml pan oedd hi'n byw yno'n ferch fach. Cadarnhad, dyna'r oll oedd ei angen ar Adrian, am y tro. Cadarnhad a llun cyfredol ohoni, fel tystiolaeth.

Daeth Bojan adref gyda lluniau o'i ferch fach. Lluniau wedi'u tynnu â lens deleffoto. Dyma hi. Bu bron i Adrian ddechrau crio wrth glicio drwy'r delweddau ar yr Apple Mac. Doedd Adrian Jordan ddim wedi crio ers diwrnod claddu ei Dad pan oedd o'r un oed â'i ferch nawr. Bradley Telor Jordan, brenin Pen y Parc.

BT Jordan, y Gath Ddu wreiddiol. Er mai dim ond hanner dwsin o bobl yn y byd oedd yn gwybod hynny.

Wrth i'w dad ddod i'w feddwl felly hefyd daeth y stafell

ddirgel. Rhoddodd un law ar gefn pen Sheryl gan godi'r *beats* oddi ar ei chlustiau, a gyda'i law arall rhoddodd un chwip din go galed i Leeza. 'Ladies, time to fuck off!' datganodd gan godi oddi ar y gwely.

Edrychodd Leeza arno'n hanner cysgu ac yn fwy na hanner chwil.

'Babes?' cwynodd Sheryl. 'What about George?' Pwyntiodd at y sgrin fawr ar y wal.

'Fuck George,' mwmialodd Adrian a'i gefn ati, yn cuddio hanner y sgrin. Edrychodd ar Leeza dros ei ysgwydd wrth agor drôr y bwrdd o dan y teledu. 'Arian tacsi. Gofyn i Malcolm lawr stâr ffôno un.'

'Christ, babes, fi newy' tecsto Mam fi i bebi sito'r *kids*,' meddai Leeza'n tynnu nicyr meicro i fyny'i choesau tenau. 'What we done wrong?'

'Dim byd. Ffycin' neis iawn, nawr ffyc off, ie?' Chwifiodd Adrian ŵn llofft sidan dros ei ben gan adael i'w llewys ddisgyn i lawr ei freichiau cyn ei chau am ei ganol noeth.

'Charmin',' meddai Sheryl yn rhoi'i stiletos coch am ei thraed yn barod wedi gwisgo'r ychydig ddillad oedd ganddi.

'Jesus, too much babes,' meddai Leeza wedyn yn byseddu'r papurau arian.

'Gad e, os na ti moyn e,' meddai Adrian yn dal y drws ar agor yn ddiseremoni.

Stwffiodd Leeza'r pres i mewn i'w chwdyn cydio bach serennog. Cusanodd fysedd ei llaw agored a'u cyffwrdd yn ysgafn ar foch Adrian wrth ei basio. Winciodd dros ei hysgwydd arno wrth fynd allan a myngial dweud, '*Ciao*, sexy.'

'Call us, yeah?' meddai Sheryl yn trotian ar ei hôl ac yn troi'i sgert yn syth wrth fynd.

'No,' atebodd Adrian wrth gau'r drws ar eu holau cyn cloi'r clo mortis ar ddrws yr ystafell wely. Bolltiodd y drws, top a gwaelod wedyn, gyda bolltiau dur hir.

Cerddodd heibio'i wely at y wal bellaf gyferbyn â'r ffenestri consertina llawr-i'r-nenfwd, eu llenni porffor melfed ynghau. Roedd y wal o'i flaen yn rhes o ddrysau cypyrddau dillad. Agorodd Adrian y trydydd drws o'r chwith, y drws canol. Gwthiodd y crysau gwynion ar y rheilen i'r naill ochr gan ddatgelu sêff hirsgwar, maint bocs sgidiau. Pwniodd blwyddyn ei eni, 1979, yn gyflym ar y rhif-fwrdd blaen. Agorodd y mecanwaith i gyfeiliant y chwiban cyfarwydd. Tynnodd yr ychydig ddogfennau allan o'r sêff a'u gosod ar ei ben. Tynnodd ar ddarn o frethyn wrth wal gefn y sêff gan dynnu'r cefn ffug allan o'r blwch. Edrychodd ar yr ail rif-fwrdd cudd. 1950, blwyddyn geni ei dad. Clywodd y mecanwaith, yn amlwg yn llawer mwy o faint, yn cychwyn ei waith cyn i holl wal gefn y cwpwrdd ddechrau symud yn ôl rhyw ddeng modfedd ac yna llithro'n llyfn i'r chwith yn gyfochrog â'r wal. Daeth golau ymlaen yn awtomatig.

Ystafell gudd, ugain gwaith maint y cwpwrdd dillad. Cerddodd Adrian i mewn i'r stafell. Pwysodd fotwm ar y wal i'w chwith. Caeodd ddrws cefn y cwpwrdd ar ei ôl.

Ian

Cychwynnodd Ian Richardson ar y gwaith drwy fynd i
archwilio tŷ Rhiannon yn y Garth. Cerddodd yn hamddenol
i fyny'r grisiau llechi at y drws ffrynt a'i declyn yn barod
yn ei law. Dyfalodd yn gywir mai clo Yale, fel rhan fwyaf o
ddrysau ffrynt fyddai gan y drws. Roedd o i mewn mewn
llai na phum eiliad, tua'r amser mae hi'n gymryd i ffidlan
efo tusw o oriadau. Edrychodd o ddim dros ei ysgwydd.
Cerddodd dros yr aelwyd fel pe bai'n berchen ar y lle.
Gwyddai mai peidio ymddwyn nac ymddangos yn amheus
oedd hanner y gamp.

Camodd dros bentwr bychan o bost a chaeodd y drws yn
dawel ar ei ôl.

'Helô?'

Dim ateb, nid ei fod o'n disgwyl un. Tynnodd bâr o fenig
latecs allan o boced ei siaced cyn chwythu i mewn iddyn
nhw fel balŵns i'w llacio, ac yna eu gwisgo. Cododd y post
a darllen pob amlen fesul un cyn eu gollwng fesul un yn ôl
ar y mat wrth y drws. Dim byd o bwys. Cerddodd drwy'r tŷ
yn araf yn chwilio am ryw ben llinyn, rhywbeth iddo gael
gafael ynddo a'i ddilyn. Roedd y cartref yn dipyn o gapsiwl
amser; dodrefn ac addurniadau hen ffasiwn o'r pum a'r
chwedegau, cegin gefn gul o gypyrddau dur gyda'r enamel
gwyrddlas cyfarwydd oedd yn atgoffa Ian o'i blentyndod.
Yr hyn sy'n cael ei alw'n *vintage* neu'n *retro* heddiw ac yn
gwerthu am grocbris ar wefannau mân werthu. Ond, yn
amlwg, dyma gegin wreiddiol o'r cyfnod. Safai desgil caserol
yn socian mewn powlen blastig yn y sinc, haen o weddillion
rhyw hen bryd yn frownddu ac yn hanner nofio ar ei ymyl

mewnol. Agorodd ddrws y rhewgell Hotpoint, anghyson o fodern. Dim byd diddorol, heblaw am botel hanner llawn o Gordon's a pheint o lefrith sgim oedd bron heibio'i ddyddiad defnyddio. Cerddodd yn ôl i'r cyntedd a safodd â'i gefn at y drws ffrynt yn syllu i fyny'r grisiau, ei garped patrymog wedi gwisgo'n denau i fyny'i ganol.

Ochneidiodd Ian a chrafu'i ên cyn dechrau dringo.

Gallai ddyfalu beth oedd yn ei ddisgwyl. Ffenomenon gymharol ddiweddar oedd hwn; y plant yn aros adref. Neu, rieni'n methu cael eu gwared, a bod yn fwy cywir. Felly cyn mentro i fyny'r grisiau gwyddai Ian y byddai un ystafell, mwy na thebyg yr ystafell wely fwyaf o ran maint, yn gwbl gyfoes yn ei dodrefn a'i chynllunio mewnol. Cyrhaeddodd y top a gwthio'r drws o'i flaen yn fwy agored a gweld mai bathrwm go fawr oedd yno. Roedd y swît yn rhyw liw porffor tywyll. 'Neis,' meddai Ian a chamu ymlaen.

Roedd tri drws cilagored ar y landin byr o'i flaen; dau ar y chwith ac un yn y pendraw yn ei wynebu. Gwthiodd y cyntaf ar agor a gweld ystafell arall o'r oes o'r blaen gyda dodrefn brown a gwely dwbl pres gyda blanced o frethyn Cymreig arno. Gwenodd a meddwl, stafell y fam, y tad wedi hen adael, o weld dim ond persawrau a brwshys gwallt ar dop y bwrdd gwisgo llychlyd. Aeth yn ei flaen a gwthio'r drws nesaf yn agored.

A dyma fo. Paent ar y waliau o arlliw hufenog cynnil o gwmni paent posh fel Farrow & Ball, tybiodd Ian; dodrefn cynnil, modern, o Ikea siŵr o fod; gwely dwbl â chwilt trwchus wedi'i grychu'n belen flêr ar ei waelod; y gobennydd pinc ar ongl. Cyn mentro i mewn, allan o chwilfrydedd, ciciodd y drws pen draw ar agor yn ysgafn. Ystafell fach yn llawn pethau mae pobl yn eu cadw oherwydd, Duw a ŵyr pam. Bocsys sgidiau, tapiau caset a VHS, hen feic cadw'n heini, pob math o geriach blêr.

Aeth i mewn i ystafell wely Rhiannon ac eistedd ar erchwyn y gwely. Edrychodd ar y gist o ddroriau wrth ei ochr, tri o'i bump drôr yn agored ac yn wag. Plygodd drosodd a chodi nicyrs gwyn oddi ar y rŷg gwlân tenau. Ochneidiodd eto wrth syllu ar y dilledyn isaf, y cotwm yn esmwyth yn erbyn latecs ei fenig. Cododd y nicyrs at ei drwyn main a chymrodd anadl ddofn trwy'i ddefnydd gan gau'i lygaid. Persawr sur a melys, rhywioldeb merch. Doedd Ian ddim wedi cael mwynhau'r oglau ers iddo ymweld â phutain yn Amsterdam ychydig flynyddoedd ynghynt. Nid bod yr atgof hwnw'n un melys ag yntau wedi treulio'r awr yn beichio crio a'i ben ar ei glin yn cael mwythau gan y ddynes ddu gadarn; fel pe bai'n anifail anwes. Cododd ar ei draed a chamu ymlaen at y fasged blethwaith wrth ymyl y drws cyn codi'i chaead; dillad budur yn ei hanner llenwi. Gollyngodd y nicyrs i'r fasged a daeth y ddelwedd i'w feddwl, am ryw reswm, o un o hanesion teyrn o ganolbarth America, doedd o ddim yn cofio'i enw, oedd o bryd i'w gilydd yn hedfan ei elynion mewn hofrennydd uwchben llosgfynydd byw cyn eu lluchio'n sgrechian i'r magma berw.

Cerddodd yn ôl lawr grisiau ac i mewn i'r ystafell fyw wrth flaen y tŷ. Eisteddodd ar gadair freichiau yn yr hanner tywyllwch â dim ond hollt o olau dydd yn dangos rhwng y llenni gwyrdd caeedig.

Dim arwydd o drais. Dim trefn chwaith, meddyliodd gan grafu'i fys yn erbyn ei foch. Wedi hanner pacio a wedyn wedi miglo hi reit handi, heb olchi llestri hyd yn oed. Rhwbiodd ei dalcen a chodi ar ei draed. Gwyddai i ble roedd am fynd nesaf. Y pwll nofio.

'Ga i siarad hefo'r *manager*, plîs?' gofynnodd Ian gan wenu ar y ferch tu ôl i ddesg y dderbynfa.

'Sori,' meddai Lynn, dyna oedd ei bathodyn yn ddweud, gan godi'i phen oddi wrth y cylchgrawn pinc ynghudd o dan y ddesg.

'Manager?'

'We's got a temp, love. Real manager left awhiles ago. But the filler-iner off todays, love. Can I help youse?'

'Seriously?' meddai Ian yn edrych arni'n ddifynegiant. 'That's how you speak?'

'Sorry?' atebodd Lynn yn crychu croen ei thalcen, ei llygaid yn ddau bwll dwfn a gwag fel y gofod.

Ochneidiodd Ian a gwenu arni'n gyfeillgar. 'Dim byd, love. Don't mind me. Mind if I have a quick look 'round?'

'Around what?' gofynnodd Lynn, yn edrych yn ddrwgdybus mwyaf sydyn.

'The building, dear,' meddai Ian ei lais yn ddiog wrth iddo estyn ei waled allan o'i boced a dangos ei hen gerdyn warant yr heddlu iddi. Gwenodd wên llawn mor ddiog arni.

'What's there to see, like? Changin' rooms, a big pool full of screaming infants...knock you'self out, officer.' Cododd Lynn fwrdd emeri gwyn o'i guddfan o dan y ddesg a dechrau llathru ei hewinedd.

Tapiodd Ian ar y ddesg ac aeth o gwmpas ei fusnes ac anelu am yr ystafelloedd newid.

Roedd Lynn yn hollol gywir. Dim byd ond plant yn sblashio a sgrechian a dau oruchwyliwr yn syllu ar eu ffonau bychan ac yn codi'u pennau'n achlysurol. Doedd 'na neb yn y caffi heblaw am y ddynes fach gwallt gwyn tu ôl i'r cownter, hefyd ar goll ym myd y ffôn clyfar, arwydd FREE WI-FI uwch ei phen rhwng y peiriant coffi a'r rhewgell. Meddyliodd Ian am ei throi hi, yna cafodd syniad. Cerddodd yn ôl am yr ystafelloedd newid gwag gan gyrraedd drws swyddfa'r rheolwr. Roedd wedi'i gau. Ceisiodd Ian yr handlen a chanfod ei fod wedi'i chloi hefyd. Aeth i'w boced heb edrych o'i gwmpas. Mewn chwinciad roedd i mewn yn nhywyllwch llwyr y swyddfa ddiffenest, y drws wedi'i gau ar ei ôl. Chwiliodd yn ofer am swits golau ar y wal wrth y drws, cyn rhegi dan ei wynt ac estyn am ei ffôn. Pwysodd y teclyn torts ar gefn y ffôn gan luchio stribyn llachar o olau o'i flaen. Gwelodd mai cortyn fel mewn tŷ bach oedd yn troi'r golau ymlaen, ond cyn gwneud, tynnodd ei gôt a'i gosod yn erbyn yr hollt tenau rhwng y drws a'r llawr. Jest rhag ofn.

Goleuodd yr ystafell, oedd yn fawr mwy na chwpwrdd dillad. Pwysai desg fach yn erbyn y wal gyferbyn â'r drws a chadair swyddfa rhad heb freichiau wedi'i gwthio oddi tano. Eisteddai cyfrifiadur a hen fonitor o'r math cyn i'r rhai tenau fel llechi pentan ddod yn boblogaidd ar y ddesg. Roedd yno ddau gwpwrdd ffeiliau, un hefo drôrs gwyn ar y dde, a'r llall ar y chwith i'r ddesg hefo drôrs coch. A dyna fo, heblaw am ychydig o anialwch papurau ar ymyl y ddesg. Fawr o waith chwilio.

Ysgydwodd Ian y llygoden ddiwifr ar y ddesg gan ddeffro'r monitor, tudalen newyddion y BBC yn dod i'r amlwg. Dim gwaith hacio i Ian, diolch i'r drefn. Gwaredodd y dudalen newyddion i'r bar gwaelod. Ymddangosodd llun ar y sgrin o ryw baradwys o ynys a'i lan môr yn ewyn gwyn byrlymus heibio i ddŵr lliw glas ysgafn a chlir.

Pawb yn breuddwydio am gael dianc i rywle, meddyliodd Ian.

Cliciodd ar y symbol camera ymysg y dwsinau ar ymyl chwith y sgrin â'r teitl *security* oddi tano. Dim egsactli'n Fort Knox, meddyliodd Ian wrth i sgrin rannu'n bump rhan. Pedwar sgwâr o luniau byw CCTV o wahanol rannau o'r adeilad bron yn llenwi'r sgrin ar y chwith a stribedyn hir a thenau i lawr y dde yn banel rheoli'r camerâu a'r system.

Edrychodd Ian ar Lynn yn byseddu'n ddiog trwy ddudalennau ei chylchgrawn ar y sgwâr uchaf ochr chwith y sgrin. Lluniau o'r fynedfa drws nesa ar y dde. O dano lluniau, trwy lens llygaid pysgodyn, o'r miri yn y pwll nofio o'r naill ochr a'r llall o'r ystafell fawr. Sylwodd Ian ar y calendr ar waelod y panel rheoli. MTWThFSS a thri deg un o sgwariau bychain o dano. Cliciodd Ian ar S y Sul diwethaf. Newidiodd y panel rheoli i ddangos wyneb cloc syml ac roedd y lluniau wedi newid i luniau tywyll hwyrnos. Sylwodd Ian mai heibio hanner nos y nos Sadwrn a chychwyn y dydd Sul oedd yn ymddangos. Symudodd bys awr y cloc yn ei flaen trwy'r dydd a gweld pobol yn hedfan i mewn ac allan o'r ganolfan nofio yn wirion o gyflym.

Aeth heibio'r amser cau a gweld rhywun, Lynn ella, yn diffodd y golau ac yn cloi'r drws. Amser mynd adref. Aeth yn ei flaen â'r nos yn cau o gwmpas y delweddau llonydd ar y sgrin. Wrth i hanner nos agosáu, ymddangosodd dau gorff yn sydyn wrth adwy'r fynedfa. Arafodd Ian y lluniau a tharo'r seibiwr. Rhewodd Rhiannon a Madog ar y sgrin. Pedwar munud i hanner nos. Aeth â'r lluniau yn eu blaen eto, a gweld Rhiannon yn noeth yn y pwll nofio ac yna Madog yn ymddangos yn ei drôns. Slofodd y lluniau i ddwbwl y cyflymder gwreiddiol a gweld Madog yn nofio allan i ganol y pwll ac yn gorwedd yn noeth ar y gwely aer oedd yn disgwyl yno. Yna tynnwyd ei sylw gan rywun arall yn ymddangos wrth y fynedfa; yn gwisgo du a chap píg tywyll am ei ben yn cuddio'i wyneb yn llwyr. Dyn oedd yn gwybod sut i guddio. Edrychodd ar y dyn yn cerdded trwy'r dderbynfa a slofodd Ian y lluniau i'r cyflymder bywyd go-iawn. Arhosodd i'r dyn ailymddangos yn ystafell y pwll nofio. A dyma fo.

Safai'r dyn yn adwy'r pwll yn gafael mewn darn o bapur golau. Llun ella. Cerddodd Rhiannon tuag ato, fel pe bai hi'n ei adnabod. Yn reddfol ac ysgafn yr olwg, a'i thraed fel gweddill ei chorff hynod siapus, yn noeth.

Stopiodd Ian y llun wrth i rywbeth ddal ei lygaid wrth ganol y dyn tywyll. Aeth â'r ddelwedd yn ôl fymryn a dyma fo eto. Fflach sydyn oddi ar fetal tywyll yn ei law dde. Dryll. Nid cyfaill mohono.

Gadawodd y dyn diarth y pwll a dilynodd Rhiannon.

Dyma nhw eto ddau funud yn ddiweddarach, a Rhiannon yn amlwg wedi gwisgo'n gyflym, yn cerdded am y fynedfa. Gwelodd Madog yn suddo i'r dŵr ar un sgwâr tra oedd y dyn mewn du yn gollwng rhywbeth ar lawr mewn sgwâr arall ac yn gadael y ganolfan, a Rhiannon o'i flaen. Gwelodd hi'n cloi'r drws ac yn diflannu fyny'r llwybr o'i olwg. Funudau yn ddiweddarach cododd Madog y peth oddi ar y llawr, allwedd yn amlwg, cyn gadael ei hun allan o'r ganolfan. Dyna ni.

Wel, wel *the plot thickens,* meddyliodd Ian gan gau'r rhaglen CCTV ac ail osod gwefan y BBC ar y sgrin. Diffoddodd y sgrin ac agorodd fymryn ar gil y drws a gweld nad oedd neb ar y coridor byr tu allan. Gadawodd y swyddfa.

Yn ôl yn ei gar, a'i ffôn wrth ei glust. 'Hei, Dew! Ti'n gwaith?'

'Yndw, be tisio, Columbo?' atebodd PC Dewi Abrahams, yn hanner dylyfu gên ar yr un pryd.

'Dim byd mawr, jyst *quick stag* ar CCTV wrth bàths Bangor ben bora Llun dwytha.' Arhosodd i weld pa fath o dymer oedd ar ei hen gyfaill gwaith.

'Chwilio am be 'wan 'to?' ochneidiodd hwnnw. Gyda hyn, gwyddai Ian fod yr amser a'r amynedd gan Dewi i borthi mympwy ei gyfaill. Gallai ei weld yn eistedd o flaen ei gyfrifiadur, yn un o'r tri swyddog arolygu technegol oedd wrth eu gwaith yn y pencadlys ym Mae Colwyn.

'Dyn a dynas, gadael y bàths *twelve o eight. Number plate* y car mae'n nhw'n iwsio, a fydda i allan o dy wallt di...' Wrth iddo glywed Dewi'n byseddu'r bysellfwrdd o'i flaen, ychwanegodd, '...tasa gynno chdi beth!'

'Ho, ho. Doniol iawn! Gwell colli dy wallt na cholli dy ben, a hannar dy bensiwn.'

Aw! Roedd honna'n brifo ond dyna'r drefn. Talu'r pwyth yn ôl hefo chydig o wenwyn ychwanegol. Digon teg.

'Ma'r ffycar 'ma'n slo heddiw,' mwmialodd yr heddwas. 'Ffyc *knows* be sy'n rong hefo'r ffycar.'

'Ti 'di trio switsio fo off a switsio fo on eto?' awgrymodd Ian yn fwriadol ddi-fudd.

'Cés 'di Columbo,' meddai'r PC yn dedpan. 'Pwy sydd wrthi? Y gŵr ta'r wraig?'

'Dim byd felly,' atebodd Ian ond wedyn meddyliodd nad oedd am ateb hanner dwsin o gwestiynau ychwanegol. 'Wel, *early days* 'de Dew. Ti'n gwbod?'

'Stringio'r cleiant ymlaen am ryw ddiwrnod neu wsos fach arall. Bympio'r bil 'na i fyny, chydig. Iawn de! Pawb isio byw 'does... Ocê dyma fo. Dim be oeddach chdi'n ddisgrifio chwaith. Wel, dim cweit. Dynas eitha smart a dyn tal mewn du hefo *baseball hat* yn gadael Bangor bàths,'

'Ia, dyna nhw. Ia?'

'Wedyn gorila teip yn dod allan o Citroën *silver*, *driver door*, ac yn rhoi rwbath i'r *man in black*. Goriada siŵr o fod.'

'*Never assume*, PC Abrahams, rheol gynta ysgol dditectif.'

'Wel, ma'r coc yn mynd i sêt dreifar y Citroën a wedyn mae mŵg yn dod allan o'r egsost, felly...'

'Digon teg, sori Dew *carry on*...'

'Coc mewn du yn dreifio, y fodan yn sêt y pasinjyr ac mae'r gorila'n llusgo'i din fewn i Merc du, pasinjyr *door*, tu ôl i'r Citroën.'

'Be ma hynna'n ddeu' tha ni?' gofynnodd Ian yn herio'r heddwas i ddefnyddio'i goconyt.

'Disgwl funud, dwi'm 'di gorffan! Dim *chance* darllan plât y Citroën, wedi'i guddio'n glyfar gan fwd neu rwbath, dim byd *obvious*. Coc mewn du'n dreifio off lawr am Beach Road, wedyn, ond yn troi i lawr Garth. Y Merc, VK10 ZUD, yn neud three-pointar ac yn gyrru'n ôl am ganol y ddinas.'

Sgwennodd Ian y rhif yn ei lyfr nodiadau, 'Lle maen nhw'n mynd?'

'Coc Citroën, ffyc *knows*, Ian mêt. Dim CCTV lawr ffor'
'na. Y gorila a'i ddreifar yn y Merc du....disgw'l am funud,
disgw'l disgw'l...dim traffig o gwmpas... *fast forward, fast
forward*...A4087, 4087...ar yr A55 am Chester!'

'A does 'na'm ffordd o...' dechreuodd Ian,

'Columbo, rhaid i fi stopio chdi, ma' Burnsie newydd
gerddad i fewn!'

Gwyddai Ian na fyddai'r rhingyll Burnside yn anwybyddu'r
fath lygru ar reolau Heddlu Gogledd Cymru. 'Diolch Dew,
arna fi beint i chdi..'

'Sesh! Y con...'

Diffoddodd Ian yr alwad gan adael y rheg ar ei hanner.
Agorodd y porwr ar ei ffôn a phwnio cwestiwn ym mlwch
chwilio Gwgl. Doedd o byth yn gallu cofio enw'r wefan oedd
yn rhoi hanes car o'i blât cofrestru.

'Cazana, dyna fo,' sibrydodd wrtho'i hun tra'n pwnio'r
ddolen. Rhoddodd VK10 ZUD ym mlwch chwilio'r cwmni.

Mercedes-Benz C63 AMG
2016
...first registered in October 2016 near Cardiff.

Cliciodd Ian ar y botwm *Get a full check now*. Ar ôl
mewnbwnio i'w gyfrif a thalu, ymddangosodd hanes y Merc
ar y sgrin bach heb orfod codi oddi ar ei ben ôl.

Car rhent gan cwmni Stanmore Motor Rentals yn ardal
Cathays yn Nghaerdydd. Bachodd a gludodd y rhif ffôn i
flwch ffonio'r i-phone ac mewn rhai eiliadau, clywodd...

'Stanmore Motors, how can I help?'

'O! Hi,' dechreuodd Ian, cyn dechrau tagu'n swnllyd â'r
ffôn yn eithaf agos at ei geg. 'Excuse me, I've got a stinker on
the go here...'

'There's a lot of it about,' dywedodd y llais yn gyfeillgar
mewn acen Caerdydd cryf. 'Take your time, mate.'

'We just booked a Merc with you and I just wanted to

know if my colleague managed to get it back to you on time. I was still stranded in bed in north Wales, you see, and he was getting it back to you on Monday, perhaps Tuesday. It was a black Merc VK10 ZUD?'

'Let me have a quick check for you.'

Clywodd Ian sŵn bysedd prysur yn curo bysellfwrdd.

'You're Mr Grevelle?'

'The one and the same,' atebodd Ian heb oedi eiliad.

'Yes the car was booked back in on Monday, half three, all done.'

'What did my colleague pay? I thought you were invoicing us as per usual?' Dechreuodd Ian smalio dagu eto.

'No, he didn't have anything to pay, Mr Grevelle. Your company has an account with us.'

'Sorry, of course,' meddai Ian, yn ceisio ffeindio ffordd o gael y wybodaeth angenrheidiol. 'You do have the new address? For our office, I mean?'

'Let me check...we've got...Twenty six Margam Road, Butetown. Is that right?'

'Spot on, my friend. Sorry to bother you,'

'No problem, Mr Grevelle, no problem at all. Have a good day.'

'Diolch,' meddai Ian gan ddiffodd yr alwad. Doedd o, meddyliodd, ddim wedi bod i'r brifddinas ers yn agos i ddegawd.

Madog

Digon i ddweud, cwt gwyrdd tu allan Pontio – 8 heno

Rhoddodd Madog y ffôn yn ôl ar y dash. Doedd o ddim wedi clywed dim gan yr ymchwilydd preifat ers dros wythnos. Holi am bres oedd o'r adeg honno a doedd o ddim wedi'i weld yn y cnawd ers y cyfarfod cyntaf, dros bythefnos yn ôl. Talodd saith gan punt i'w gyfrif banc wythnos diwethaf heb gael unrhyw adborth am sefyllfa Rhiannon. Roedd y neges ddiweddaraf yma wedi codi'i wrychyn braidd. Eto, dim sôn am yr ymchwiliad.

Eto dim sôn am Rhiannon.

Agorodd Madog holl ffenestri'r tacsi. Oedd, roedd hi'n anghyffredin o boeth i fis Ebrill. Ond nid dyna'r prif reswm am annog awyr iach i'r cerbyd. Dim ond newydd hebrwng Dick Allsop o'r Spoons i fyny i'r Glôb ym Mangor Uchaf oedd o. Roedd Dick wastad yn drewi o hen chwys a baco rhad. Afiach. Tynnodd ei ffôn symudol unwaith eto oddi ar y teclyn magnetig oedd yn ei lynu i'r dash. Pwniodd y sgrin nes darganfod enw Edgar a ffonio'i ffrind.

'Madog! Ti'n iawn?'

'Yndw, dim byd yn bod.' Doedd Madog ddim yn un am ffonio Edgar felly doedd dim syndod ei fod yn amau'r gwaethaf o weld ei enw'n ymddangos ar ei ffôn yn ystod oriau gwaith. 'Wedi cael tecst eitha rhyfadd gan Richardson.'

'O?'

'Isio cyfarfod yn y cwt gwyrdd wiyrd 'na tu allan i lle chdi, am wyth heno,'

'Pam fanna?'

'Duw a ŵyr. Fel dwi'n deud, mae o'n od braidd. Ti'n rhydd heno?'

'Dangos y *Shining* am naw, felly dwi'n iawn cyn bellad 'i fod o ddim yn mynd 'mlaen rhy hir.'

* * *

Cerddodd Madog i fyny'r llwybr cul i'r dde o brif fynedfa Pontio â'r golau'n prysur ddiflannu o'r dydd. Gallai weld y cwt gwyrdd rhyfedd wedi'i lunio o wydr ffeibr ar wastadedd pwrpasol hanner can medr o dalcen adeilad y ganolfan gelfyddydol. Roedd y cwt yn ei atgoffa o hen ffilm o'r pumdegau, *The Blob,* â Steve McQueen yn serennu os oedd o'n cofio'n iawn.

Edrychodd ar ei ffôn a gweld ei bod hi'n ddau funud i wyth. Clywodd dwrw cyfog-gwag yn dod o gyfeiriad y cwt ac wrth godi'i ben gwelodd Edgar yn adwy'r cwt yn ei ddyblau ac yn cydio yn ffrâm y fynedfa. Rhedodd Madog i fyny at ei ffrind.

'Be sy'?'

Cyrcydodd Edgar ac edrych i fyny ar ei ffrind. Ar yr un pryd roedd o'n pwyntio'i fraich dros ei ysgwydd i mewn i'r cwt. 'Wel, mêt, fydd o ddim yn gyfarfod hir iawn beth bynnag.'

'Be ti'n feddwl?' gofynnodd Madog er ei fod eisioes yn gwybod yr ateb a'r pili-pala'n corddi'i stumog.

'Mae o'n dedar. Dodo dedar. 'Di mynd. Gonar! Ffyc!'

'Be ti'n feddwl?' gofynnodd Madog eto, fel pe bai Edgar heb ddweud gair.

Pwyntiodd ei ffrind ei fawd sawl gwaith i mewn i dywyllwch cymharol y cwt heb ddweud dim ond ysgwyd ei ben. Cerddodd Madog i mewn i'r cwt gan wasgu llaw agored ei ffrind yn dynn wrth basio.

Cymrodd eiliad neu ddwy i'w lygaid ddygymod â'r newid yn y golau a dyna lle roedd Ian Richardson yn gorwedd ar ei ochr ar fainc blastig ar y wal bellaf o'i flaen. Doedd y cwt ddim llawer mwy na maint ciwbicl toiled cyhoeddus ac roedd drewdod tebyg yn llenwi'i ffroenau. Lapiodd ei fraich am ei wyneb gan gladdu'i drwyn yn nefnydd ei gôt wrth ei benelin.

Roedd traed Richardson ar y llawr, fel pe bai wedi syrthio o'i eistedd ar ei ochr i orwedd. Taniodd Madog y torts ar ei ffôn a sylwi yn syth ar y nodwydd yn hongian o goes Richardson ac un llawes ei drowsus wedi'i chodi at ei benglin. Roedd ei lygaid ar agor a golwg ddychrynllyd, pell i ffwrdd arnynt; yn ddwl fel hen farblis. Unrhyw arwydd o fywyd wedi diflannu ohonynt a'u gwlithder wedi'u sychu gan yr aer. Gwelodd haen o boer gwyn o amgylch ei geg, yn amlygu tywyllwch porffor ei wefusau tenau. Sylwodd hefyd fod blaenau ei fysedd yn borffor, fel pe baent yn ewinrhewllyd. Gorfododd Madog ei hun o'i anfodd i gamu'n nes at y corff. Rhoddodd gefn ei law ar ei dalcen. Teimlodd ychydig o wres llugoer ar ei groen; *'dio'm 'di mynd â'n gadael ni ers hir.*

Sylwodd ar y staen tywyll dan ei ben ôl a gwyddai, yn waradwyddus, fod ei weithred garthol olaf wedi digwydd yn ddiarwybod i'r cyn-blismon, dim bod ots, y cr'adur druan.

Plygodd i edrych ar y chwistrell, ei nodwydd yn glynu fel gelen i groth ei goes. Roedd ei wythïen yn dywyll ac amlwg fel pry genwair naill ochr i'r pigiad. Gwelodd res o hen dyllau yn uwch i fyny'r goes. Hen bigiadau. Mam bach, be ti 'di bod yn neud, ddyn?

Cerddodd Madog allan o'r cwt, ei drwyn dal yn dynn wrth lawes ei gôt.

'*Jesus*, Mads! Be sy'n mynd 'mlaen?' gofynnodd Edgar yn eistedd ar y glaswellt i'r dde o'r cwt.

'Edrych fel drygs.'

'Drygs? Ian Richardson? Dim ffycin ffiars o beryg. *No way*, José!' roedd Edgar yn chwifio'i fys bawd ar Madog fel pe bai wedi'i ladd o ei hun.

'Edrych fel drygs, ddudes i, Eds. Ti'n iawn, wrth gwrs. Doedd y boi yna welon ni wsos o'r blaen ddim ar gyffuria.' Roedd Madog yn pwnio 999 ar sgrin ei ffôn tra'n siarad.

'Pwy ti'n...?' sibrydodd Edgar yn dynwared ffôn gyda'i fysedd wrth ei glust.

'Cops, ambiwlans, ella bod o dal...'

Ysgwydodd Edgar ei ben a gwên sur ar ei wyneb.

'Dwi'n gwbod ond...Ia! Da chi'n siarad Cymraeg? O! Police and an ambulance please. Looks like someone's had an overdose. Looks like he's dead.'

Rhoddodd Madog y manylion i'r ddynes ar y ffôn ac aeth i eistedd wrth ymyl Edgar i ddisgwyl am y gwasanaethau brys.

'Blydi hel, Mads!' dechreuodd Edgar eto. 'Ma hyn yn nyts. Be oedd o'n neud wythnosa dwytha 'ma?'

'Wel, yn union. Mae'r holl beth yn drewi. Rhiannon yn diflannu. Richardson prin yn cysylltu, heblaw i ofyn am bres. Wedyn y Richardson 'ma, ti'n taeru – a dwi'n coelio chdi – fysa byth bythoedd yn jynci, yn troi fyny'n farw – o *overdose*.'

Cyrhaeddodd sŵn y gwasanaethau brys ar yr awel, a'i nâd anfad yn codi'n uwch bob eiliad. Rhwygodd eu gwahanol seirenau drwy'r hanner gwyll fel cerddorfa amgen, ddrwgargoelus.

'Dyma nhw,' meddai Edgar, ei wyneb mor welw ag un Ian Richardson yn y cwt gwyrdd. 'Be ti'n mynd i ddeu'tha nhw?'

'Y gwir 'de. Be arall sy' na?'

∗   ∗   ∗

'Iawn, thank you, sergeant,' meddai Madog yn rhoi'i ffôn yn ôl yn ei grud. Eisteddai yn y gadair freichau wrth y ffenest flaen yn ei ystafell fyw, Edgar gyferbyn yn eistedd ar flaen y soffa, ei beneliniau ar ei bengliniau. Bu'r ddau yng ngorsaf heddlu Bangor, gyferbyn â Pontio tan berfeddion nos neithiwr a theimlai'r ddau'n swith wedi bwyta brechdan bacwn i ginio buan a hwythau heb gysgu winc.

'Wel?'

'Dim dirgelwch mawr, medda'r Sarjant Burnside 'na. *Heroin overdose.* Llwyth o geriach, nydwydda a llwya du a petha felly yn 'i dŷ. Lot o be oedd o'n alw'n *functioning junkies* o gwmpas y lle.' Rhoddodd Madog ei ddau fys bawd i fyny a'u chwifio ar yr un pryd. 'Fwy na fysa chdi'n feddwl, medda fo.'

Cododd Edgar ei ben am y nenfwd a dechrau sniffian yr awyr. 'Be di'r olga 'na? O, ia. Bwlshit! Bwl-ffycin-shit, Mads. Bwl-ffycin-shit.' Ysgydwodd ei ben yn araf ar ei gyfaill. Roedd Madog yn gallu gweld rhwystredigaeth ei ffrind yn pylsio'n flin yn y wythïen wrth ochr ei lygad dde.

'Ella wir, ond be 'nei di de? Os tydi bois fo'i hun ddim yn meddwl bod dim byd drewllyd yn mynd ymlaen...'

'Nath Ian ddim gadael y ffôrs ar y *best of terms*, ti'n gwbod? Ella bod nhw ddim wedi edrych yn iawn i fewn i'r peth?'

'Dim ella amdano fo, pathetig dod i gasgliad fel 'na mor sydyn.'

'Be ddudodd o am Rhiannon?'

'Doedd o ddim yn meddwl fod o wedi bod yn edrych amdani, hyd yn oed. Wedi bod ar bendar, medda fo. Jyst yn iwsho fi i dalu am y drygs.'

'Bwlshit, eto!'

'Dwi'n mynd i gwely am ryw awran, ma' 'mhen i'n racs,'

meddai Madog yn tynnu'i sbectol ac yn gwasgu pont ei drwyn hefo'i fawd a'i fys.

'Ia, well i finna fynd am ryw *forty winks* bach cyn heno – *Night of the Living Dead* os fedri di goelio'r peth.'

'Ia, wel. Ian Richardson, druan.'

'Ian Richardson, ffyc!' meddai Edgar a chodi i adael.

* * *

Eisteddai Madog yn ei dacsi uwchben y safle bysys i lawr o'r cloc yng nghanol y ddinas. Hwn oedd ei shifft gyntaf ers darganfod Richardson dridiau ynghynt. Roedd o wedi laru ar ailadrodd yr hanes wrth y gyrwyr tacsis eraill yn barod ac yn teimlo'n waeth nag erioed am ddirgelwch diflaniad Rhiannon.

Clywodd ddrws cefn y tacsi'n agor a chau'n gyflym.

'Dreifia!' gorchmynnodd y cwsmer yn swta.

'Lle?' gofynnodd Madog yn edrych ar y dyn mawr yn ei ddrych ôl.

'Ffyc ots lle, jyst dreifia,' atebodd Dewi Abrahams, allan o'i iwnifform a chap pêl-fas NY gwyn yn dynn am ei ben moel.

Doedd Madog ddim wedi'i gyfarfod nac yn gwybod pwy ddiawl ar y ddaear oedd y teithiwr difanars yma.

'Dy bres di 'dio,' meddai gan daro'r mîtar a chychwyn yr injan. Aeth heibio'r bysys segur yn disgwyl eu cyfle i adael am wahanol rannau o'r wlad a phenderfynu troi i'r chwith am yr orsaf reilffordd wrth y gylchfan.

Cafodd drafferth i wrthod yr awydd i edrych i fyny ar y cwt gwyrdd rhyfedd wrth basio Pontio ac felly wrth iddo orfod stopio mewn rhes o geir wrth y goleuadau trodd ei ben. Doedd dim unrhyw arwydd bod dim o'i le wedi digwydd yno. Dim cortyn plastig yr heddlu, dim pabell fforensig o amgylch yr agoriad i'r cwt. Dim byd. Fel pe bai dim oll wedi digwydd yno lai na hanner wythnos ynghynt.

'No way fysa Ian 'di cymyd *overdose*,' meddai Abrahams gan wneud i Madog, oedd yn bell i ffwrdd, feddwl am eiliad fod 'na rhyw lais bach wedi siarad yn ei ben ei hun.

Edrychodd yn ei ddrych ôl eto a gweld y teithiwr yn syllu'n ôl arno'n ddifrifol. 'Sori?'

'Ian, fysa fo ddim yn twtshad drugs. Dim ar ôl yr holl shit 'na hefo'i frawd.'

'Sori?' meddai Madog eto, ddim yn siŵr os oedd y dyn hyd yn oed yn siarad hefo fo.

'Ti'n dwp neu rwbath? Oeddwn i'n nabod y dyn, doedd o *no way* yn jynci. I chdi oedd o'n gweithio, ia? Trio ffeindio rhywun?' Syllodd y ddau ar ei gilydd am dipyn drwy'r drych ôl nes i'r car tu ôl ganu'i gorn. 'Gola gwyrdd,' meddai Abrahams.

✳   ✳   ✳

Parciodd Madog yn yr orsaf reilffordd, a'i faes parcio yn llawn ceir ond yn dawel.

'Pwy wyt ti, ta? Polîs?' gofynnodd Madog yn troi i wynebu Abrahams.

'Dim enwa', dim ffycin *comebacks*... Olreit?'

'Iawn,' meddai Madog yn codi dwylo'n hamddenol.

'Ond ia, ges i enw chdi o'r *report*. Nath Richardson ffonio fi i ofyn am *info*, yn tracio rhywun o Fangor. Wrth ymyl Bangor bàths. Meddwl rwbath i chdi?'

Nodiodd Madog arno yn ateb.

'Wel, 'nes i ddarllan y *report* am yr OD ac roedd y peth mor uffernol o off nes i checio allan y *numberplate* 'nes i roi iddo fo. Rhwla' rhentio ceir ochra Caerdydd. BMW?'

Ysgydwodd Madog ei ben y tro hwn. 'Meddwl dim byd i fi. Pwy oedd yn dreifio?'

'Ffyc knows, Roberts, ond un peth yn sicr i chdi, fysa Richardson wedi mynd i ffeindio allan. *Once a detective...*'

'So, ti'n meddwl fod o'n gweithio ar y diflaniad. Rhiannon Edwards?'

'Gwranda, dwi ddim yn gwbod shit...' Aeth Abrahams i'w boced a rhoi darn o bapur bach wedi lapio'n dynn i Madog. 'Hwn 'di rhif y plât ac *address* y garej. Doedd Richardson... Ian...*obviously* ddim yn ddigon gofalus. Doedd o ddim yn jynci, *no way*. Mae pawb yn rhy barod i anghofio bod y boi yn gopar am dros *twenty*. Peth yn drewi. Pwy bynnag sydd wedi'i ladd o, ma' nhw'n ffycin *high-up mobsters*. Garantîd! Sicr i chdi.'

'*Mobsters*? Be, *gangsters* 'lly? Maffia?'

'Dim ffycin *myth* ydi'r ffycin maffia, mêt. *Organised crime, the underworld.* Ella bod chdi ddim yn clywad amdanyn nhw'n amal, ond maen nhw yma. Dim ffycin *fairies* 'dyn nhw.' Agorodd Abrahams y drws. 'A dwi'm yn talu hwnna chwaith,' meddai wrth gau'r drws yn glec ar ei ôl.

'Diolch,' meddai Madog yn dangos y papur i'r ffenest gefn, ond roedd PC Dewi Abrahams a'i gefn ato yn brasgamu i ffwrdd, ei ddwylo yn swatio ym mhocedi'i siaced fomio a'i ben wedi'i wyro am y llawr.

Agorodd y papur, oedd wedi lapio'n daclus fel darn o origami.

VK10 ZUD

Stanmore Motor Rentals

Cathays Cardiff

'Iawn. Iawn, iawn, iawn,' mwmiodd Madog a'i galon yn curo fymryn yn gynt yn ei frest.

Adrian

'Not now, Bojan!' harthiodd Adrian Jordan yn flin. Roedd o'n ymarfer ei swing ar y Postage Stamp yn Royal Troon o flaen sgrin anferth yn ystafell chwaraeon Pen y Parc. Y bêl smalio o'i flaen ar waelod y sgrin yn disgwyl yn llonydd am ei thaith smalio i lawr am y grîn pytio smalio.

'It's important, boss,' atebodd Bojan Simonović gan estyn y ffôn ddiwifren at ei feistr.

Ochneidiodd Adrian gan syllu ar ei was, wynebau'r ddau mor ddiemosiwn â'i gilydd. Gafaelodd yn y ffôn. 'Ie? Problem?'

'Sai'n gwbod bòs,' atebodd Jimmy Whitehall o'r Stanmore. 'Rwbeth *fishy*, jest nawr.'

'Ie, wel! Beth, *for fucks sake*?'

'Justin, bòs. Bachgen newydd... wedi rhoi *information* i rywun ar y ffôn, yn dweud mai Darren o'dd e. Ond ro'dd Darren 'da fi mas y bac.'

'Pwy? Un o'r brodyr Grevelle 'na? Brawd Carl?'

'Ie, bòs. O'dd y bachgen newydd ddim i fod i ateb y ffôn ond do'dd neb yn y swyddfa ...*Caller* yn holi am y Merc o'dd y brodyr wedi iwso yn y north pwy ddiwrnod. Esgus taw fe o'dd Darren... Rhoddodd fe, Julian y bachgen newydd, *address* Butetown nhw i'r *caller*.'

'Jimmy!' roedd Adrian yn teimlo'r gwres yn codi yn ei ben, a'i foch llosg yn pigo fel brathiad dail poethion. '*Get rid* o'r bachgen 'na. Ti'n clywed?'

'Iawn, bòs, *done*, bòs.'

'*Surveillance, twenty-four-seven* ar Margam Road, nes bod pwy bynnag sy'n busnesan yn troi lan. Siarad 'da Bojan am y manylion a paid sôn dim wrth Carl a Darren, *business as usual.* Ma'r ddau 'na mor dwp â Trump, 'chan. Dim *red flags.*' Rhoddodd Adrian y ffôn yn ôl i Bojan heb ddisgwyl i Jimmy Whitehall i ateb.

Gadawodd yr ystafell i sŵn llais Bojan yn mwmial yn ddwfn ar y ffôn hefo Jimmy Whitehall. Cerddodd trwy'r cyntedd anferth, ei draed noeth yn mwynhau cynhesrwydd y gwres canolog drwy'r llawr marmor. Crwydrodd i lawr y coridor heibio'r gegin agored a phopeth ynddi'n wyn, hyd yn oed y tecell a charnau'r cyllyll wedi'u glynu i'r magnet gwyn uwch y teils gwyn. Agorodd y drysau dwbwl mawr i'r lolfa yn awtomatig wrth iddo agosáu fel pe bai am gerdded ar ddec yr *USS Enterprise.* Roedd Adrian hyd yn oed wedi cael peiriannydd i mewn i samplo'r sŵn swishian oddi ar ei hoff sioe deledu ac i'w osod i gydweithio gyda'r agor a chau. Ond roedd y twrw wedi dechrau mynd ar ei nerfau ar ôl 'chydig felly taw pia hi, erbyn hyn.

Eisteddai Rhiannon mewn cadair swyddfa foethus a modern, yn syllu ar laptop o'i blaen. Gosodwyd y laptop ar ddesg wydr cantilifrog, oedd yn amhosib o hir a chadarn, oedd wedi costio chwe mil o bunnoedd i Adrian. Chwarddodd iddo'i hun yn dawel bach wrth i Rhiannon anwybyddu ei bresenoldeb amlwg yn yr ystafell.

'Wel, ydi e'n neud synnwyr?' gofynnodd Adrian a'i gefn ati hi wrth iddo dywallt jinsan iddo'i hun.

'Ydi, rhyw fath o synnwyr,' atebodd Rhiannon heb edrych i fyny o'r sgrin.

'Sut oedd y *number crunch*?' Rhoddodd Adrian lond rhaw fach arian o rew o'r bwced ar ben ei gin.

Ochneidiodd Rhiannon. 'Tair merch yn bob tŷ. Tri shifft wyth awr. Dau gwsmar yr awr. Un deg chwech o dai. *Eighteen grand* y diwrnod. *One two five give or take* cwpwl o filoedd, yr wsos. Wedyn y plasdy i'r dynion yn ystod yr wsos, dau ddeg pump mil.' Edrychodd Rhiannon i fyny ar Adrian am y tro cyntaf. '*Conservative estimate*,' meddai. 'Wedyn, *twenty five* arall, *min*, ar yr *orgy weekends*. Eto dim llai na hynna. Ti fyny i gant saith deg pump mil yr wsos. Chydig dros naw miliwn y flwyddyn; eto, *conservative estimate*.'

Aeth yr ystafell yn ddistaw wrth i Adrian droi'r lemwn yn ei ddiod hefo ffon goctel. Roedd o'n gwenu fel ynfytyn yn ei ben ond doedd o ddim am ddangos hynny i'w gyn-gariad.

'*Overheads*?' meddai gan godi'i wydriad a chwyrlïo'i rew, ei ffordd fud o gynnig un iddi hi.

'Braidd yn fuan,' atebodd Rhiannon, a hithau'n ganol prynhawn Iau. 'Ti'n siarad un pwynt dau *mortgage repayments*, a bron i ddwy filiwn ar y merched...a'r hogia. Ar ôl delio hefo seciwriti a'r tacsis hollbwysig, miliwn arall, ti'n siarad am bum miliwn. Clir!'

Chwibanodd Adrian chwiban undonog hir.

'*Conservative estimate*,' ychwanegodd Rhiannon. 'Heb sôn am ddiodydd, cyffuria' i'r *clientele*. Hefo *margins* chdi ar rheina...wel ti'n siarad *goldmine*.'

'Ffycin *goldmine*, Rhi!' Claddodd Adrian y rhaw rew yn ôl yn y bwced.

'Sut ti'n meddwl bod y cops ddim yn mynd i stopio hwn mewn llai na mis, ddo?'

Agorodd Adrian ei geg yn llydan fel pe bai am ddweud rhywbeth mawr. Ar ôl oedi am 'chydig dywedodd yn syml. 'S'mots am 'na, nawr. Ni'n dathlu heno, mynd mas am fwyd, cael ti mas o'r Guantanamo iwnifform 'na!'

Roedd Rhiannon yn gwisgo jympsiwt gwyrdd o sidan cain oedd yn un o chwech, tri gwahanol lliw, oedd yn hongian mewn wardrob yn ei hystafell wely ym Mhen y Parc. Roedd Adrian wedi cymryd ei holl eiddo wedi iddi gyrraedd a doedd dim dewis ganddi beth i'w wisgo; yr hyn a osodwyd yn y wardrob gan Adrian neu fod yn noeth, dyna'r dewis.

'Be ti'n ffansi? Italian, Indian? Ma' lle speshal newydd i ga'l lawr y Bae.'

'Wharefs,' atebodd Rhiannon yn ddihidans.

Doedd Adrian ddim yn teimlo fel chwarae dim mwy. Cerddodd allan o'r stafell heb ddweud gair arall, y rhew yn tincial ganu yn ei ddiod gadarn. Aeth i'r cyntedd eang ac i fyny'r grisiau llydan gyda'i garped ifori meddal a thrwchus yn cosi'i draed noeth yn braf.

Rhoddodd glec i'r ddiod ar y landin gan adael y gwydr ar y canllaw derw llydan i'r forwyn ei hel. Amser gorwedd am ryw awran.

Gorweddodd ar ei wely yn noeth yn y tywyllwch llwyr. Ni welai hyd yn oed y cysgod lleiaf, mor effeithiol oedd gwaith y llenni trwchus o ladd y dydd. Meddyliodd am ei bentref bach.

Maes y Lludw. Y lle perffaith.

Perffaith.

Hen bentref pwll glo. Un lôn i mewn ac allan, y pentref agosaf bron i filltir i ffwrdd. Canol Caerdydd, reid tacsi mewn ugain munud. Yr holl le ar werth am lai na miliwn a hanner. Bargen y mileniwm.

Maes y Lludw. Roedd enw'r pentref yn taro Adrian fel un eironig iawn, erbyn hyn. *Maes yr Enfys, yn un gwell*, meddyliodd dan wenu yn y düwch.

Mewn gwirionedd, doedd Adrian ddim angen Rhiannon i edrych ar ddilysrwydd y prosiect. Esgus i'w sugno'n ôl mewn i'w fyd oedd hynny. Ond roedd ei dadansoddiad yn gryno gywir. Wedi gwariant cychwynnol o lai na hanner miliwn, gyda morgais sylweddol, byddai'r fenter newydd yma'n casglu yn agos at bum miliwn o bunnoedd mewn chwe mis. Pum miliwn i goffrau'r Gath Ddu.

Y Gath Ddu – llafur oes ei dad BT. Clymblaid danddaearol gwbwl gyfrinachol. Chwe phartner, tri chyfandir, pum gwlad.

Y partner hynaf oedd yr Osmanien Germania, giang beiciau modur *Deutsch-Türken*, pobol o Dwrci oedd wedi setlo yn yr Almaen. Ei sylfaenydd, Al Levent, oedd ffrind hynaf tad Adrian o'r isfyd. Ei gysylltiad cyntaf pan aeth drosodd i'r Almaen i weithio ac i ddrwgweithredu ar ddiwedd chwedegau'r ganrif gynt. Kara Kedi oedd enw'r gangen hon.

Y Gath Ddu oedd enw cangen ei dad, wrth gwrs, a Cat Dubh oedd enw'r gangen o Balinacurra Weston yn Limerick ar draws Môr Iwerddon. Pennaeth gwreiddiol cangen y Gwyddelod oedd Ryan Dundon ond fe'i saethwyd yn farw yn 2001, gan gychwyn gelyniaeth ddinistriol rhwng y teuluoedd troseddol yn y ddinas. Roedd mab Ryan, Gerry Dundon erbyn hyn yn cael ei gyfrif fel aelod gwanaf y Cabál. Ond roedd Dundon, er y brwydro dibwys ac amhroffidiol yn Limerick, yn aelod o'r Cabál. Y peth olaf roedd y Gath Ddu am wneud oedd denu sylw'r awdurdodau.

Y gangen bwysicaf i lwyddiant neu fethiant y fenter ddiweddaraf oedd y שׁוֹאַרץ קאַץ, sef Shvarts Kats, y giang Iddew-Almaeneg o'r Cabál. Nhw oedd yn gyfrifol am fasnachu'r merched o'r gwledydd ôl-Sofiet, megis yr Iwcrain a Moldofa, a'u troi'n buteiniaid yn ninasoedd mawr Israel. Cam eithaf rhwydd oedd eu hebrwng drwy Ewrop mewn loriau i dde Cymru, wedi'u cyflyrru a'u haddysgu ar beth oedd i'w ddisgwyl ganddynt. Roedden nhw bron wastad yn gaeth i ryw gyffur neu'i gilydd, wedi treulio mis neu ddau yn Tel Aviv neu Haifa. Y peth pwysig oedd eu bod yn gallu gwneud y gwaith. Roedd Rhiannon wedi bod yn hael iawn gyda'i hamcangyfrif. Ni fyddai'r merched yn gweithio shifftiau wyth awr ond yn hytrach ddeuddeg awr. Byddai disgwyl iddynt weld tri neu bedwar o gwsmeriaid yr awr nid y ddau roedd hi wedi siarad amdano.

Penderfynodd Adrian ddweud dim pan wnaeth Rhiannon holi am yr heddlu oherwydd ei fod wedi talu'n ddrud iawn am gael llonydd i'r fenter am chwe mis. Roedd wedi sicrhau'r llonydd drwy dalu bron i bedwar can mil o ewros i ddwsin o'r bobol fwyaf dylanwadol ym myd y gyfraith yn ne Cymru.

Byngs hen ffasiwn, ond gyda thro yn y gynffon. Treuliodd Adrian yn agos i flwyddyn yn darganfod man gwan y dwsin detholedig. Boed yn broblem yfed, cariadon cudd neu ryw chwant ddi-chwaeth arall. Roedd un dirprwy brif gwnstabl, er enghraifft, yn hoff o gael ei wisgo fel baban a chael ei nyrsio, o'r fron neu o botel, ar y penwythnos.

Os ti'n 'neud dy waith cartre, ti'n ca'l results, meddyliodd Adrian yn hunanfoddhaus. Doedd o ddim wedi dweud dim am hyn wrth Rhiannon achos doedd dim budd iddo o rannu'r wybodaeth. Pan oedd hi'n gariad iddo roedd hi wedi'i sugno'n ddyfn i'r bywyd. Ond doedd Rhiannon ddim yn gwybod am y Gath Ddu. O fewn ei gyfungorff cyfan yn ne Cymru dim ond Bojan a'i gefnder Malcolm, mab unig chwaer ei dad, oedd yn gwybod am faint y Cabál.

Gwyddai Bojan Simonović am ei fodolaeth oherwydd ei fod yn uchel ei barch yn y Gatto Negro, y gangen Eidalaidd o'r Cabál. Roedd y Gatto Negro'n rhan o'r *Kamorra* a'i wreiddiau'n ddwfn yn isfyd hynafol Napoli, y ddinas lawr wrth garrai esgid yr Eidal. Os oedd angen trais gormodol, dinistriol, afresymol ar unrhyw aelod o'r Cabál, byddai Michael Casalesi'n gyrru rhywun, dim problem. Casalesi oedd pennaeth presennol y Gatto Negro, yr unig un o'r arweinwyr eraill roedd gan Adrian ei ofn go iawn. Bwystfil o ddyn oedd y *Capo Milionario*, fel y'i gelwid.

Dyna sut y bu i Adrian gyfarfod Bojan Simonović yn agos i ddegawd ynghynt pan oedd rhyw ffyliaid o Birmingham yn ceisio sathru ar gynffon y Gath Ddu. *Ardente la spazzatura*, neu losgi'r sbwriel, fel y byddai Camorra'n ddweud. Gwnaeth Bojan yn siŵr bod dau o griw y Brymis yn diflannu heb unrhyw esboniad. Fel pe baen nhw erioed wedi bodoli.

Roedd ymchwiliad llugoer wedi'i gychwyn gan yr heddlu, ond heb gyrff na thystiolaeth o unrhyw ddrwgweithredu, gollyngwyd y mater o fewn misoedd. Ceisiodd y Brymis ddial gan ymosod ar fownsars un o glybiau nos Adrian yng nghanol y ddinas. Ond doedd eu calonnau nhw ddim ynddi, go iawn, a miglodd y criw yn ôl am ganolbarth Lloegr. Gyrrodd Adrian ei gymhellwr oerllyd, Simonović, ar eu holau prun bynnag a diflannodd eu harweinydd un bore ar ei ffordd i nôl ei bapur, *The Sun*, fel oedd hi'n digwydd bod, ac roedd Adrian yn casáu'r tabloids a'r tabloid yna'n benodol. Ofynnodd o ddim wrth Simonović beth oedd ffawd y gelynion coll. Gwell oedd peidio gwybod. *Plausible deniability*, fel y byddai ei gyfreithiwr wedi'i ddweud.

Beth bynnag, chwe mis oedd hyd a lled y syniad diweddaraf yma. Dyna'r amserlen a gytunwyd rhwng Adrian a'r awdurdodau. Gwyddai'r gwybodusion y byddai'r stori ar led bod rhywbeth rhyfedd iawn yn digwydd ym mhentref bach tawel Maes y Lludw o fewn wythnosau, os nad diwrnodau, o gychwyn y busnes. Byddai modd cadw'r peth yn dawel am ryw hyd, ond wedyn byddai'n rhaid dod â'r peth i ben.

Cytunwyd ar chwe mis.

Bydden nhw'n gyrru'r holl elw ddeuai i'w coffrau i'r Black Cat, draw i ochr arall y byd. Dim ond Adrian a'r pedwar pennaeth arall oedd yn gwybod pwy oedd y gath ddu ddiwethaf yma. Un dyn o Awstralia oedd yn gweithredu allan o Hong Kong. Bradley Dice Callow oedd enw, annhebygol ond cywir, y Black Cat. Callow oedd cyn bennaeth yr AUSTRAC yn Awstralia; adran brwydro golchi arian budur, ymysg pethau eraill, i lywodraeth Awstralia. Ciper wedi troi'n botsiwr, fel yr hoffai Adrian ddweud. Doedd dim angen neb arall. Un dyn yn hel miliynau o bunnoedd o gwmpas dwsinau o fanciau mewn hanner dwsin o wledydd. Wedyn ymhen ychydig byddai'r rhan fwyaf ohono'n ymddangos yn lân fel ceiniog newydd sbon yng nghyfrifon banc y partneriaid.

Roedd yr hyn a wnâi Brad Callow yn wyrthiol, yn gymhleth, yn hud a lledrith, ac yn llwyr haeddu'i le yn un o'r chwech uchaf yn y Cabál.

Chwe chath ddu mewn chwe gwlad a neb yn gwybod am eu bodolaeth.

'*Lights!*' meddai Adrian Jordan, a dyma'r golau'n codi'n raddol ar y lampau ar waliau'r ystafell wely. Cododd a cherddodd tuag at y wal wrth droed y gwely. Gwthiodd un o'r paneli wrth ochr y teledu mawr ac agorodd drws gwyn, o'r llawr i'r nenfwd, yn dawel.

Edrychodd Adrian ar y dilladau merched cain o'i flaen mewn rhes daclus ar y rheilen. Aeth drwyddyn nhw'n ofalus, un ar ôl y llall yn meddwl beth fyddai'n gweddu heno. Maint wyth oedd y dilladau i gyd; maint Rhiannon pan arferai fyw yma. Roedd wedi cael y brodyr Grevelle i yrru llun ohoni iddo pan ddaethpwyd o hyd i'w merch. Doedd hi ddim wedi newid llawer yn y cyfamser felly dyma fo'n archebu'r dillad gorau o John Lewis. Wel, gyrru'r forwyn wnaeth o. A dyma nhw, dwsin neu fwy o ddillad. Tynnodd hwyrwisg sidan porffor ysgafn oddi ar y rheilen.

Perffaith.

Mae'n mynd i fod braidd yn o'r mâs heno, sa i'n moyn iddi fod yn rhy gyfforddus, meddyliodd Adrian. Gyda hyn trodd Adrian gan luchio'r hwyrwisg ar y gwely a cherdded am yr *en suite* i eillio ac ymolchi.

Rhiannon

Wyddai hi ddim beth i'w ddisgwyl wrth gael ei gyrru lawr strydoedd cyfarwydd ardal Cyncoed yng Nghaerdydd. A hithau'n ganol nos a dim ond ambell dacsi'n rhannu'r ffordd, beth oedd yn aros amdani ym Mhen y Parc? Teimlai ei chalon yn cyflymu wrth i Bojan Simonović wthio'r *indicator* i fyny ac arafu ar ffordd Rhyd-y-Pennau, cyn troi i fyny ffordd Dan-y-Coed. Ymlaen am oes a Rhiannon yn syllu allan o'r ffenest ar y tai cyfarwydd, ond gwahanol erbyn hyn i'r hyn a gofiai, yn mynd yn fwy crand wrth ddringo'r ffordd dawel.

Trodd Simonović i'r dde i lawr ffordd Edeyrn Goch, mwy o goed wrth y pafin llydan, llai o dai. Ond dyma rai o eiddo drutaf y brifddinas. Tai pensaernïol. Pob un yn wahanol, pob un yn unigryw. Pob un yn werth ymhell dros filiwn o bunnoedd.

Y tŷ olaf ar y dde oedd Pen y Parc. Ei chartref am bedair blynedd. Ei charchar erbyn y diwedd. Wedi iddi ddianc o grafangau'r cyffuriau. Pan oedd hi'n lân roedd hi wedi gallu gweld y gwir. Gweld pa mor bell roedd hi wedi syrthio i'r pydew. Hawdd disgyn iddo, anodd uffernol llusgo dy hun yn ôl i fyny at yr awyr iach. A Mair fach, wedyn. Mor debyg i'w thad, mor annhebyg i Adrian. Hogan fach addfwyn, dawel ei natur, ond gyda'r sbardun ddeallus yn pefrio o'i llygaid glas hyfryd.

Mair, merch Madog.

A'r unig reswm pam ei bod yn eistedd mewn car yn cael ei gyrru, unwaith eto, trwy giatiau haearn Pen y Parc. Yn ôl i ffau'r llewod. Oedd hi'n ymwybodol mai dim ond wedi prynu amser oedd hi wrth ddianc gyda Mair yn ei breichiau ac Adrian yn sgrechian mewn poen ar lawr y gegin? Yn rhegi a sgrechian bob yn ail. Anghofiai hi fyth y sŵn erchyll hwnnw.

Gyrrodd Simonović i fyny'r dreif serth a pharcio o flaen Lamborghini melyn, yn sgleinio'n rhyfeddol fel haul yn y nos dan olau llachar wrth ddrws ffrynt Pen y Parc.

Trodd Simonović i edrych arni wrth ddiffodd yr injan. 'If he want you dead, you'd be dead,' meddai'n blaen cyn tynnu'i wregys a gadael y Citroën.

Roedd stumog Rhiannon yn corddi fel sach o nadroedd blin, ac yn gwneud iddi deimlo'n sâl. Cnociodd Simonović ddwywaith ar ei ffenest a'i deffro o'i myfyrdod.

Yn y tŷ, yn y cyntedd anferth gyda'i loriau marmor cyfarwydd a'i waliau gwynion, mynnodd Simonović iddi aros yno tra cerddodd yntau'n hamddenol at y gegin.

Roedd ei phethau i gyd yn nghist y car heblaw am ei bag llaw a'r dillad roedd hi wedi'u gwisgo'n frysiog yn y pwll nofio. Roedd ei nicyr ym mhoced ôl ei jîns a hithau wedi lluchio'i dillad amdani heb feddwl llawer am y drefn.

Safai yno am rai munudau'n gwrando'n astud am unrhyw synau yn y tŷ, a hithau'n agos at bump y bore. Clywodd sŵn olwynion yn ratlo ar y llawr marmor, fel troli de yn agosáu o berfeddion Pen y Parc. Aeth munud heibio, a'r twrw'n dod yn nes bob eiliad, nes i Adrian ymddangos yn gwthio rheilen symudol ar bedair olwyn. Hongiai chwech neu saith o jympsiwts lliwgar ar y rheilen. Wrth i Adrian agosáu o'r hanner tywyllwch cafodd Rhiannon fraw. Roedd bron i hanner ei wyneb wedi'i losgi'n erchyll, fel pe bai wedi'i wneud o blastig ac yn sgleinio'n goch. Arferai fod yn ddyn golygus pan oedd yn ifanc, ond gyda'r gor-ddefnydd o gyffuriau ac ymosodiad Rhiannon roedd wedi'i adael, meddyliodd, yn edrych fel rhyw fath o *Bond villain*.

Ac wrth gwrs, dyn drwg iawn oedd Adrian Jordan. A'r byd go iawn oedd hwn, nid ffilm.

'Shwmae Rhi Rhi?' gofynnodd Adrian Jordan yn gyfeillgar gan ddefnyddio'i henw anwes, enw nad oedd Rhiannon wedi'i glywed ers blynyddoedd.

'Be ti'n feddwl ti'n neud?' gofynnodd Rhiannon yn swta gan ollwng ei bag llaw ar lawr a chroesi'i breichiau o'i flaen.

'Dilyn fi,' meddai gan rowlio'r rheilen i lawr y coridor gyferbyn â'r coridor i'r gegin a'r ystafell fyw, tuag at adain y tŷ ble byddai gwestai Pen y Parc yn aros. 'Dwi wedi rhoi ti'n ystafell pen draw, *nice and quiet, like.*'

'Adrian?' dechreuodd Rhiannon, heb symud dim.

Aeth Adrian yn ei flaen a bylbiau'r coridor yn goleuo'n awtomatig wrth iddo fynd. Doedd dim dewis gan Rhiannon ond codi ei bag a'i ddilyn yn lletchwith. Ddim dyma'r croeso'r oedd hi wedi ddychmygu.

Roedd Adrian wedi pasio'r tair ystafell wely gyntaf ar y coridor hir ac wedi diflannu trwy ddrws agored y pedwerydd ar y pen erbyn i Rhiannon gyrraedd. Eisteddai Adrian ar gist dderw wrth droed y gwely dwbl mawr yn wynebu'r drws pan gyrhaeddodd Rhiannon yr adwy. Pwyntiodd tuag at y wardrob fawr wrth ochr y drws.

'Ma' popeth ti moyn fewn fanna,' meddai mewn llais cwbl resymol. Cododd ar ei draed gan agor top y gist dderw ac estyn bag siopau mawr M&S. Camodd ymlaen a chymryd y bag llaw oddi wrthi'n ysgafn a'i ollwng yn y bag. 'Tyn dy ddillad a rho nhw fewn fa'na, *there's a good girl.*'

'Sori?'

'Popeth, ie? Pob *stitch.*' Syllodd arni, ei wyneb yn hollol ddiemosiwn. 'Dim byd dwi ddim wedi weld o'r blaen, Rhiannon,'

Cymrodd ychydig eiliadau o syllu arno i Rhiannon

sylweddoli ei fod yn gwbwl o ddifri. Dechreuodd rhywbeth arall gorddi yn ei stumog. Hen deimlad yn dychwelyd. Casineb.

Tynnodd ei dillad yn gymharol gyflym a diffwdan, gan sylwi ar y diafol yn dychwelyd i lygaid ei chyn-bartner wrth iddi noethi o'i flaen.

Sylwodd ar ychydig o wên ar ei wyneb wrth iddi dynnu ei jîns. 'Ti'n *goin' commando*, dyddie hyn 'te?' sylwebodd, ei wên erbyn hyn yn un slei.

'O'n i ar chydig bach o frys, fel ti'n gwbod yn iawn,' atebodd Rhiannon, yn cicio'i jîns yn erbyn y bag M&S. Tynnodd ei chrys, fest a'i bronglwm gwyn plaen, o Marks & Spencers, fel roedd hi'n digwydd bod. Safai o'i flaen yn noeth ac yn cydio yn ei bronnau, ei breichiau wedi croesi ar draws ei chanol. 'Wel?'

'Wel, wel! Ti 'di bod yn cadw'n heini!'

'Be 'di'r gêm, Adrian?' Roedd bochau Rhiannon wedi dechrau cochi, ond nid oherwydd ei bod hi'n gwrido; roedd hi'n colli ei thymer.

Safodd Adrian o'i blaen yn edrych i'w llygaid; heb os, yn mwynhau'r casineb amlwg ar ei hwyneb. Gwyrodd i lawr yn araf, heb dynnu'i lygaid oddi wrth ei llygaid hithau, gan ddechrau pawennu'r dillad i mewn i'r bag mawr.

'Ma' popeth ti moyn yn y wardrob tu ôl i ti ac ar y *clothesline* 'ma. Wela i ti nes 'mlan.' Gyda hynny cododd y bag a cherddodd o amgylch Rhiannon ac allan o'r ystafell wely foethus gan gau'r drws ar ei ôl.

Dechreuodd Rhiannon grynu'n ysgafn a'i dannedd yn rhincian fel calon dryw. Synnodd o sylwi bod dagrau wedi dechrau cronni yn ei llygaid. Anadlodd yn ddwfn gan deimlo'r aer yn ei dwylo'n llenwi ei hysgyfaint trwy'i bronnau. Trodd gan ymlacio'i breichiau i lawr wrth ei hochrau. Cymrodd anadl hir arall, gan gau ei llygaid wrth anadlu allan yn araf. Agorodd ei llygaid ac agor drws derw'r wardrob.

Roedd rheilen hir y wardrob yn noeth a'r dwsin silffoedd bron yn wag. Ar y trydydd silff lawr o'r nenfwd, wrth uchder llygaid Rhiannon, roedd hanner dwsin o barau o ddillad isaf duon plaen yr olwg. Eisteddai'r dillad isaf ar laptop. Ar y silff islaw roedd hanner dwsin o sanau newydd duon, mewn pacedi o dri. A dyna'r oll. Rhoddodd Rhiannon bâr o nicyr a bra amdani, gan ddefnyddio pâr arall o nicyr i gychu ei llygaid yn sydyn. Agorodd ddrws yr *en suite* led y pen a gweld brwsh dannedd heb ei agor a bocs past dannedd ar y silff uwchben y sinc. Roedd diaroglydd wrth eu hochr. Heblaw am ddau bapur tŷ bach a darn o sebon *Imperial Leather* yn ei baced clir, dyna'r oll oedd yn y bathrwm.

Yn yr ystafell wely, agorodd Rhainnon ddrôr y cabinet wrth ymyl y gwely. Copi o'r Testament Newydd yn Saesneg. Jôc fach gan Adrian Jordan. Agorodd y clawr. Dyma fo, un tabled ecstasi mewn pecyn wedi selio yn llechu yn y blwch cudd y tu mewn i'r llyfr crefyddol. Anrheg bach ganddo. Caeodd Rhiannon y llyfr ac yna'r drôr. Tynnodd ar y gynfasen sidan liw hufen ar y gwely ac aeth i orwedd odditani'n meddwl pa mor amhosib fyddai gallu cysgu. Roedd tymheredd yr ystafell yn berffaith, ddim yn rhy oer nag yn rhy boeth. Er bod y golau ymlaen cysgodd Rhiannon o fewn munudau.

Deffrôdd o hunllef, wedi'i brawychu. Ond mewn eiliad roedd yr hunllef yn angof iddi. Roedd hi wedi drysu'n llwyr ac yn wlyb gan chwys a deimlai fel olew ar ei chroen. Daeth y cyfan, realiti, yn ôl iddi wrth weld y rheilen gyda'r jympsiwts lliwgar ar waelod y gwely.

Bojan Simonović. Adrian. Pen y Parc. Ffyc! Yr hunllef go iawn, meddyliodd. Mae o wedi ffeindio Mair. Ffyc, ffyc, ffyc! Be dwi'n mynd i neud? Be ydw i yn mynd i neud?

Meddyliodd am Madog, a'i adael yn y pwll nofio yn siarad hefo fo'i hun. Am ei bywyd i fyny yn y gogledd. Bywyd a ddiflannodd mewn fflach. Wedi diflannu am byth. Fel hi ei hun, ella a geiriau Bojan o neithiwr ar yr un pryd yn canu yn ei chlustiau 'If he wanted you dead, you'd be dead by now' neu rywbeth tebyg roedd o wedi ei ddweud.

Cododd yn sydyn gan gofio'r laptop dan y dillad isaf yn y wardrob. Cydiodd yn y ddyfais a theimlo'i gadernid wrth ei lusgo allan o'r wardrob. Gwelodd mai Apple MacBook Pro oedd yn ei dwylo a hwnnw'n edrych fel newydd. Eisteddodd ar y gist a'i roi i orwedd wrth ei hochr. Agorodd y ddyfais, amhosib o denau, gan synnu ar hyfrydwch y symudiad a phrydferthwch syml y dechnoleg. Daeth y sgrin yn fyw ar unwaith ac yna dyma rywbeth cwbwl annisgwyl yn digwydd. Dyma dwrw ffôn yn canu o'r peiriant a dau symbol cyfarwydd, ffônau coch a gwyrdd, gyda *Accept* neu *Decline* arnynt yn ymddangos mewn bar cul rhwng y sgrin a'r bysellfwrdd.

Gwgodd Rhiannon arno am eiliad cyn pwyso *Accept* a disgwyl.

'Bore da, Rhi Rhi!' meddai llais cyfarwydd Adrian, a dyma'r corddi stumog yn ailgychwyn. 'Wedi agor y presant, felly?'

'Adrian?'

'Amser i ni ddal lan, ti'm yn credu? Dere draw am bach o frecwast; fi'n y gegin.' Gyda hyn aeth y sgrin yn ôl i ddangos rhywbeth tebyg i ffrwydriad o baent glas llachar mewn ogof dywyll.

Caeodd Rhiannon y sgrin. Cymrodd ei hamser yn y gawod ac i wisgo cyn agor drws yr ystafell wely a cherdded, yn ei jympsiwt gwyrdd, am ochr allan Pen y Parc.

Doedd ganddi ddim cur ond roedd ei phen hi'n pylsio fel calon wrth gerdded i mewn i'r gegin am y tro cyntaf ers y diwrnod pan ddihangodd hi a Mair o Pen y Parc. Eisteddai

Adrian ar stôl uchel wrth ynys enfawr ynghanol y gegin newydd. Roedd y steil bwthyn cefn gwlad gyda'i ddreser derw a chypyrddau tywyll wedi hen fynd. Erbyn hyn, roedd popeth yn wyn ac yn sgleinio. Ac roedd llacharedd pelydrau'r bore'n hanner dallu Rhiannon wrth iddo lifo drwy'r ystafell haul.

'Rhi Rhi! Rhi...Rhi,' meddai Adrian yn codi'i ddwylo i'w chyfarch. Safai Bojan Simonović wrth ei gefn yn pwyso gwaelod ei gefn ar y top marmor, yn syllu ar a throelli llwy mewn mỳg. 'Cymer' sêt, *take a seat, my princess.*'

Rhwbiodd Rhiannon ei pheneliniau gyda'i dwylo, ei breichiau wedi'u plygu'n amddiffynnol ar draws ei chorff. Eisteddodd ar stôl gyferbyn ag Adrian Jordan.

'Ti moyn coffi? Rhywbeth i fwyta?... Na?' Cuchiodd aeliau Adrian wrth i Rhiannon edrych arno'n gwbwl ddiemosiwn a mud. 'Olreit 'te!' meddai yn gwenu ac yn clapio'i ddwylo a'u rhwbio'n awchus gyda'i gilydd. '*Down to business.* Pam wyt ti yma?' Agorodd ei ddwylo allan eto a'r wên yn diflannu, ei lygaid yn mynd yn gysglyd fel llygaid cath. 'Wel, yr ateb yn syml yw fy mod i wedi ffeindio ble ti wedi cuddio fy merch. Yn lwcus i ti, dwi wedi pwyllo chydig ers yr hen ddyddie du. Dwi oddi ar y cyffuriau, a s'mo fi moyn dial arnat ti rhagor, Rhiannon.' Gwenodd eto, fel cath yn cael mwythau, cyn i'w wyneb ddisgyn eto'n wag fel llechen. 'Fi moyn i ti dalu fi'n ôl am neud hyn i fi, paid camddeall.' Chwifiodd Adrian ei law o gwmpas ardal y graith fawr hyll ar ei wyneb. 'Ond dim mwy o fygwth trais, dim mwy o redeg bant a mynd i guddio'n ganol ffycin *nowhere up ffycin north*, olreit?'

Sylwodd Rhiannon ar Simonović yn codi'i ben yn araf i edrych ar ei fòs wrth i'w lais godi fymryn gan edrych fel pe bai'n poeni am dymer Adrian.

'Beth sy'n mynd i ddigwydd yw hyn!' Cododd Adrian ei fawd arni. 'Yn gynta, ti'n mynd i symud yn ôl i Gaerdydd, réseino o'r jobyn cownsil 'na...' Daeth bys i gadw cwmni i'w fawd. 'Yn ail, ti'n mynd i gal dy 'whâr i hala Mair gytre...'

Gwgodd Rhiannon arno gan bwyso'n ôl yn erbyn cefn ei stôl.

Chwifiodd Adrian ei fys yn yr awyr fel dryll. '*Not*, ffycin *negotiable!*'

Syllodd Rhiannon arno gan feddwl, dwi'n hollol ffycd a nodio'n fyr tuag ato i barhau â'r amodau.

'*Thirdly...*' Ymlaciodd Adrian Jordan yn ei sedd, fel pe bai newydd sylweddoli ei bod hi'n gyfforddus. 'Ti'n mynd i fagu Mair 'da fi yn Pen y Parc a ti'n mynd i ddod 'nôl i witho i fi. Fel, *back in the day*. Ond ti'n gwneud beth bynnag fi'n dweud nes bod Mair yn *eighteen*.'

Doedd Rhiannon erioed wedi *gweithio* i Adrian. Oedd, roedd hi wedi rhedeg clwb nos iddo am gwpwl o flynyddoedd; wedi rhoi ychydig o drefn ar ei fusnes smyglo ffags o'r cyfandir. Ond doedd hi ddim wedi derbyn ceiniog o gyflog. Roedd hi'n gariad iddo, yn bartner iddo. Yn gaeth iddo. Ac yn gaeth i'w gyffuriau erbyn iddi gael ei sugno, bron yn anweledig o araf, i mewn i ryw isfyd ffantasi o dorcyfraith a chelwydd a meddwi, chwerthin ar y byd, caru a chrio. Cyn i fore'r hangofyr mwyaf posib gyrraedd a dod â'r parti tair blynedd a mwy i ben. Y bore'r aeth hi i weld doctor am ei bod hi'n cael crampiau ac yn gwaedu heb fod ar ei mislif, a blinder mawr arni, drwy'r amser.

'Ti'n feichiog, Rhiannon.' Dywedodd y doctor, a Rhiannon yn siŵr bod rhywbeth mwy sinistr yn tyfu ynddi. 'Ti'n feichiog...' Roedd, y geiriau fel iaith estron, ddim yn suddo i mewn o gwbwl. Roedd hi'n gwybod i sicrwydd mai Madog oedd y tad cyn iddi hyd yn oed weld ei merch. Roedd hi'n gwybod, dyna'r oll.

'Be' sy'n digwydd pan mae hi'n ddeunaw?' gofynnodd

Rhiannon yn ceisio, ac yn methu, cadw'r cynnwrf allan o'i llais.

'Mae pawb yn mynd lle bynnag maen nhw moyn. Ti, Mair, fi. Wel, fi, fydda i'n aros fan hyn, *obviously*. Ond fydd hawl 'da ti adel os ti moyn. Dyna'r *deal*, Rhi. Be ti'n weud?'

Doedd o ddim mor rhesymol ag oedd Adrian yn gwneud iddo swnio. Ddim mor hawdd. Bron i ddegawd yn nghwmni dyn drwg a phobol drwg, gyda merch fach oedd wedi arfer â bywyd fferm a cheffylau a chaeau di-ben-draw. Ond doedd dim dewis mewn gwirionedd.

Nodiodd Rhiannon arno'n araf a thawel.

Bojan

Roedd y dyn wedi bod yna ers rhai oriau pan gerddodd Bojan i mewn i'r seler. Er eu bod nhw'n ddyfn o dan lefel y stryd roedd sŵn rymblan y traffig ar Heol y Coed uwchben yn pylu fel taranau o bell yn y gwagle concrit.

Eisteddai'r dyn yng nghanol y gofod mewn cadair swyddfa. Roedd cwdyn du dros ei ben. Wrth y wal, i'r chwith ohono, eisteddai Jimmy Whitehall yn smocio sigâr tenau ac yn saliwtio Bojan fel pe bai'n gowboi mewn hen ffilm.

Roedd bag lledr du yn sgleinio yn ngolau'r tiwbiau fflworolau ar y nenfwd.

Doedd 'na neb na dim arall yn y seler heblaw am ugain o bileri concrid dur yn dal yr adeilad newydd uwch eu pennau.

Cododd Bojan ei ên tuag ato'n fyr i'w alw draw. Doedd o ddim am i'r dyn diarth glywed ei lais. Dim am y tro beth bynnag. Cododd Jimmy yn styllan o ddyn gan godi'i wregys i fyny ei gorff ac ymlwybro, eto gan atgoffa Bojan o gowboi, tuag ato.

'Is he clean?' gofynnodd yn dawel yn nghlust Jimmy.

'Spotless, 'Ian,' atebodd Jimmy heb dynnu'i sigâr o'i geg; 'Ian (wedi'i ddweud yn gyflym) fyddai'r hogiau i gyd yn galw Bojan, heblaw am y bòs.

'What he say?'

'Nothing, bra',' meddai Jimmy'n crafu blewiach 'i ên. ''Cept for, you knows... "what the fuck!" And, "let me go" and all that malarky. Nothing since we sat him down here. Think he knows he's waitin' for the man.'

'Professional?'

'No ID on 'im, no cards, no wallet. Just a money clip. Almost a grand. So, ye', maybes'.

'Welsh? English? What accent when he speak?'

'I'd say north Walian, maybe even Welsh speaker,' sibrydodd Jimmy.

'Ask him,' meddai Bojan, yn gyrru'r ci ar ôl y ddafad hefo symudiad bach o'i ên.

Cerddodd Jimmy Whitehall y degllath tuag at y dyn yn y gadair. Yn unol â chyfarwyddiadau Bojan, roedd o a dau o'i ddynion wedi clymu'r dyn yn sownd i'r gadair dros ei ddillad gyda thâp giaffar. Gwelodd ben y dyn yn troi dan y cwdyn wrth iddo agosáu. Daeth i stop o'i flaen gan ddisgwyl ychydig eiliadau cyn gofyn. 'Ti'n siarad Cymrag?' Trodd y pen du eto, o'i flaen, ac roedd mor gomig – fel rhyw frân yn clustfeinio nes gwneud i Jimmy roi ei law at ei geg i stopio'i hun rhag chwerthin. 'Cymrag, myn? Wel?' gofynnodd eto wedi iddo leddfu'r awydd.

Dim.

Cerddodd yn ôl at Bojan. 'He understands, I'm pretty sure. But he's pleadin' the fifth. Gone shtum!'

'Okay,' meddai Bojan. 'Give him one, then ask again. If he answers, call me. If not, give him another. Don't let him struggle. No bruising...for now.'

Nodiodd Jimmy a dyma Bojan yn cerdded allan o'r seler gan wthio drwy'r drysau dwbwl ac anelu am y pwll grisiau a'r byd uwchben.

Fel arfer, eisteddai Bojan ar ei ben ei hun yn The Prince of Wales, y dafarn agosaf i'r llanast yn y seler. Ceisiai Bojan gadw allan o'r tafarndai Wetherspoons, oherwydd bod y perchennog yn rhannol gyfrifol am y twpdra Brexit 'na. Ond stwffio egwyddorion am un orig fach! Doedd neb o gwmpas a hithau'n hanner awr wedi tri, brynhawn Llun ar wahân i ambell i feddwyn yn siglo ar y stolion wrth y bar, ac ambell un yn chwarae'r ffrwtîs.

Doedd Bojan ddim yn sicr ond roedd o'n amau mai'r dyn

o'r pwll nofio ym Mangor oedd wedi gyrru'r dyn oedd nawr yn y seler lawr y lôn. Os felly roedd y dyn wedi marw yn barod. Dim ond fod Bojan ddim wedi'i ladd eto, dyna'r oll.

Un chwistrelliad o heroin i ddechrau'r broses. Ella, erbyn iddo ddarfod ei lager, byddai'r dyn am gael sgwrs. Ond, doedd Bojan ddim yn rhy ffyddiog.

Nid plisman oedd y dyn. Fyddai copar byth yn cael ei adael mor agored i ymosodiad. Neu fe fyddai, o leiaf, wedi cyfaddef yn syth mai copar oedd o. Does neb isio'r morthwyl yna'n disgyn ar ei ben. Lladd copar.

Nid aelod o ryw giang arall oedd o chwaith. Neu fe fyddai ganddo lawddryll, neu o leiaf ffôn symudol.

Na, ditectif preifat oedd y dyn yn y seler, bron yn sicr. A phwy fyddai'n gyrru dic preifat ar drywydd BMW y brodyr Grevelle? Roedd yr ateb yn syml. Y dyn yn y pwll nofio. Ond roedd rhaid cael y ffeithiau i gyd. Doedd dim wythnos wedi mynd heibio ers i Bojan yrru Rhiannon yn ôl o'r ddinas bach twll tin 'na yn y gogledd, i Gaerdydd.

Sut oedd y dyn wedi gallu dilyn y trywydd mor gyflym ac wedi dod mor agos at weld Bojan? Ella tynnu ei lun? Ella rhannu'r llun gyda chyn-gydweithwyr; achos roedd y dyn yn sicr yn gyn-rhywbeth, boed yn heddlu neu'r fyddin, neu'r gwasanaethau cudd ella hyd yn oed.

Pro.

Eisteddodd yn y 'Spoons am ychydig oriau yn llymeitio un Birra Moretti ar ôl y llall. Roedd ei feddwl erbyn hyn ar Y Gath Ddu a'r Gatto Negro a'i le yntau yn y drefn. Meddyliodd am y fenter newydd yn y pentref yng nghanol nunlle, lawr rhyw lôn unig yn y ffycin' cymoedd. Roedd y merched wedi cychwyn cyrraedd ddoe. Hanner dwsin i gychwyn, yn gweithio'r tŷ cyntaf oedd wedi'i baratoi. Roedd byddin fach o adeiladwyr yn gweithio ar y safle yn ystod y dydd, yn trwsio'r plasdy bach ac yn adnewyddu'r tai. Bwriad

Jordan oedd gwerthu'r pentref am elw ar ddiwedd y chwe mis. Dylai'r lle ddechrau gwneud elw o ddifri mewn ychydig wythnosau.

Daeth y twrw bŵm drwgargoelus a'r chwyrnu cacwn sy'n gwmni iddo i gosi ei glun trwy boced blaen ei drowsus. Neges destun.

Aeth i'w boced a darllen y neges dan y bwrdd.

He's a mumblin' now, Baby!

Doedd dim enw ar y neges, ond hwn oedd ffôn llosg newydd Bojan, felly gan mai dim ond Jimmy ac Adrian oedd wedi derbyn y rhif roedd hi'n amlwg bod y dyn yn barod i ddechrau rhannu. Rhoddodd glec i'w beint ac aeth allan i'r stryd, yr awyr yn waed i gyd wedi ymadawiad yr haul.

Edgar

Erbyn hyn, roedd hi'n fisoedd ers i Rhiannon ddiflannu; ers marwolaeth amheus Ian Richardson; ers i Madog gael y sgwrs ryfedd gyda'r dyn yng nghefn ei dacsi.

'Paid â gneud dim,' mynnodd Edgar ar y pryd. 'Os ei di ar ôl yr *info* 'na, fyddi di'n endio fyny yn yr un twll â Richardson. Twll chwe troedfadd *by three*!'

'Be ti'n awgrymu dwi'n neud ta? Isda ar fy modia'n neud ffyc ôl?' gofynnodd Madog, yn ddealladwy ofidus.

'Ia,' oedd o wedi ateb. 'Dyna'n union be ti'n mynd i neud. Dwi'n nabod rhywun...rhywun arall.'

'Be ti'n feddwl? Rhywun arall?'

'Dwi'm am ddeud dim mwy, ond gaddo i fi ti'm yn mynd i neud dim.'

Syllodd y ddau ffrind ar ei gilydd am ennyd fel cariadon yn Paddy's ym Mangor uchaf.

'Iawn!' meddai Madog o'r diwedd, gan wthio'r darn papur i ddwylo ei ffrind; y darn papur gafodd o gan y PC yn nghefn ei dacsi.

'Gaddo?' mynnodd Edgar, yn agor y papur.

VK10 ZUD

Stanmore Motor Rentals

Cathays Cardiff

'Ia, iawn, gaddo,' atebodd Madog yn ddiamynedd. 'Am rŵan.'

*　　*　　*

Wel, roedd "rŵan" bron â dod i ben ac Edgar wedi gorfod gofyn i'w "rhywun" os oedd modd iddo ddod i gyfarfod Madog.

'Os ti'n hapus i gael hanner stori,' oedd T. B. Lewis wedi ei ddweud, dros y ffôn.

Dau fis ac ychydig wythnosau ac roedd y dyn wedi costio bron i ddeunaw mil o bunnoedd i Edgar. 'Pres ymchwil,' meddai Mister Lewis. Lot o blydi pres ymchwil, meddyliodd Edgar.

Gwell bod gynno fo fwy na blydi hanner stori i'w hadrodd.

Roedd Tegid Lewis yn newyddiadurwr oedd yn gweithio yn Llundain, ac ar orchwylion o gwmpas y byd, ers degawdau. Yn Gymro i'r carn, roedd hefyd yn fardd o fri. Daeth Edgar i'w adnabod oherwydd ei gyfnod yn Llundain, â'r Cymry Cymraeg yno i gyd yn dueddol o adnabod ei gilydd.

Cytunwyd ar gyfarfod yn Lerpwl, gan fod Lewis yn gorfod teithio i lawr o Glasgow am y dydd. Roedd hefyd wedi dewis ei hoff le i fwyta amser cinio yn y ddinas, tŷ bwyta Indiaidd modern o'r enw Mowgli ar Bold Street.

Wrth yrru am Lerpwl, roedd Madog wedi ymddiheuro i Edgar am frysio'r cyfarfod.

'Sori, gyfaill. Fedra i'm disgwl dim mwy.'

'Dwi'n gwbod,' atebodd Edgar wrth iddo yrru lawr yr A55 heibio i Abergele. 'Dwi'n synnu bod chdi 'di aros mor hir a 'nes di. Atebion ar eu ffordd, Mads. Dwi'n siŵr o hynna.'

Ddywedwyd dim gair pellach nes i Edgar ofyn am arian mân i dalu am y twnnel dan y Merswy.

Wrthi'n archebu diod oedd Edgar pan gerddodd Tegid Lewis i mewn. Roedd y dyn mor fawr mi wnaeth o'n llythrennol dywyllu'r ystafel fawr wrth iddo ymddangos yn y drws gwydr. Edrychodd Edgar ar ei oriawr a nodi ei fod union ar amser. Un o'r gloch ar ei ben.

'Archebu, wyt ti Edgar?' meddai'r cawr wrth dynnu siaced liain wen oddi ar ei gorff swmpus.

'Diod,' atebodd Edgar. 'Ma Madog yn y lle chwech.'

'Fysa fo 'di gallu mynd i fi hefyd taswn i yma ynghynt. Dwy botel fawr o Cobra i fi, Edgar,'

'Dwy?' gofynnodd Edgar wrth i'w westai symud cot Madog oddi ar ei sedd a dechrau eistedd yno'i hun 'O! Ma Mad...'

'Dwy, ia, na chdi sy'n iawn,' meddai'r newyddiadurwr wrth sodro ei hun yn y sedd. 'Tair potel o Cobra. Wel, dyma le braf, ti'm yn meddwl?'

'Ymmm, ia am wn i,' atebodd Edgar bach yn ddryslyd wrth weld Madog yn dychwelyd o'r tŷ bach lawr grisiau. Safodd a chodi'i ysgwyddau fymryn wrth i'w ffrind gyrraedd y bwrdd yn pwyntio at y llabwst o ddyn yn ei sêt. Symudodd Edgar allan gan adael i Madog fynd i eistedd yn y sêt a'i gefn at y drws. Gwyddai Edgar yn iawn fod hyn yn un o'i gas bethau. 'T'isio isda'n famma?'

'Na, dwi'n iawn.'

'Madog Roberts, dyma Tegid Lewis,' meddai Edgar a chyda hynny, dyma'r cawr yn codi'i ben o'r fwydlen a chynnig ei law i Madog.

'Sumai?' meddai'n ddigon cyfeillgar, cyn claddu'i ben mor agos at y fwydlen â phosib unwaith eto. 'Sori dwi wedi anghofio'n sbectol ddarllen.'

'Dwi ddim yn y mŵd am hyn, Mr Lewis.' Meddai Madog yn blaen a dyma Tegid Bala Lewis yn codi ei ben ac yn eistedd yn ôl yn ei sedd, oedd ychydig yn rhy fach iddo, fel bron pob sedd.

'Digon teg,' meddai gan roi'r fwydlen ar y bwrdd a chrafu ochr chwith ei ên fawr flewog. 'Dwi'm 'di sgwennu dim byd i lawr,' tarodd ei arlais yn ysgafn gyda'i fys blaen.

'Sori?' meddai Edgar.

'Mae'r hyn dwi'n mynd i adrodd i chi heddiw yn wybodaeth beryglus, gyfeillion. Os ydach chi'n mynd â'r peth ymhellach mi fydd rhaid i mi fynnu eich bod chi'n cadw fi allan o'r mater yn llwyr. Yn gyfangwbwl!' Rhoddodd ei ddwylo anferth i orwedd ar y bwrdd cyn codi'i fysedd fel canghennau a'u chwifio i gyfeiriad y ddau gyfaill. Roedd hi'n dipyn o sioe, a'i wyneb yn ddramatig fel actor Shakesperaidd, ei lygaid llwydlas yn gwbl o ddifri.

'Dwi'm wedi gwario'r holl bres 'na jyst i gael cgwrs anffurfiol, Tegid,' meddai Edgar, yn dechrau colli ei dymer ryw ychydig.

'Pres?' meddai Madog, a dyma Edgar yn cofio nad oedd wedi sôn dim wrth ei gyfaill am gostau'r misoedd diwethaf.

'O! Rhyw 'chydig gannoedd, pres petrol,' esboniodd Edgar gan rhoi arsylliad sydyn slei i'r newyddiadurwr pan oedd Madog yn edrych ar ymateb y cawr.

'Ia, wel. Beth bynnag am hynna...' Safodd y cawr ar ei draed â phennau'r cwsmeriaid eraill yn troi i syllu. 'Dwi'n mynd i'r tŷ bach, fydd y ffrwd fel ceffyl cymaint ydi fy angen!' meddai wrth wincio arnynt a cherdded am y grisiau cefn.

'Ffyc! Pwy 'di'r boi 'ma?' gofynnodd Madog yn pwyntio ar ei ôl hefo'i ben.

'Dwi'n gwbod, mae o'n swnio ac yn actio fel nobar llwyr, ond wir i chdi does na'm newyddiadurwr mwy trylwyr na chlyfar. Ma'r dyn yn athrylith. Ffydd, ffrind. Gwranda ar be sy' gynno fo i ddeud.'

'A be di'r busnas pres 'ma?'

'Dim byd, wir i chdi. Ella mil o bunnoedd,'

'Dwi'n talu chdi'n ôl.'

'Ti wedi, ar ei ganfed. Fyswn i ddim yma hebdda chdi, cont gwirion!'

Cyrhaeddodd merch brydferth gyda'r diodydd a gofyn mewn acen sgowsar hyfryd os oeddynt yn barod i archebu. Dyma Edgar yn gofyn am ginio i dri, beth bynnag oedd hi'n argymell, cyn newid ei feddwl wrth weld y cawr yn dychwelyd.

'Make that for four, would you love?'

Nodiodd y ferch a gwenu'n ddel cyn troi a cherdded yr hanner milltir ychwanegol o amgylch Tegid Lewis ar ei ffordd yn ôl i'r gegin.

'Wel, hogia? Beth amdani?' Cydiodd Tegid yn y botel agosaf iddo a llyncu ei hanner mewn eiliad neu ddwy cyn eistedd, crafu'i flewiach ac aros am ateb.

'Iawn,' atebodd Madog. 'Ty'd â hi. Be ffwc ddigwyddodd i Rhiannon?'

'Ocê. Ti ddim yn mynd i fod yn hapus hefo'r hyn dwi'n mynd i adrodd. Ond fel mae'r Sais yn ddeud, *don't shoot the messenger*, ynde.'

Nodiodd y ddau ffrind, ond roedd llygaid Madog yn bradychu'i ddiffyg amynedd gyda'r dyn enfawr o'i flaen.

'Ella bod hyn yn mynd i swnio'n annhebygol, anhygoel hyd yn oed, ond ffeithiau ydyn nhw. Dim llai. 'Da chi wedi clywad am y Mafia, y mafioso, cosa nostra a'r Camorra; y Godfather a phetha tebyg, siŵr o fod? Wel 'da ni'n mynd i'r tiriogaeth yna, bois. Wel, rhyw fersiwn, rhyw gangen o'r peiriant. 'Da chi hefyd wedi clywed y term Taffia.'

'O, Cômon! Bŵlshit, Mister Lewis,' udodd Madog â'i law ar ei dalcen. Trodd rhai o'r cwsmeriaid cyfagos i syllu arno. Syllodd Tegid Lewis arno'n ddifynegiant.

'Gwrandewch am funud, chi'ch dau. Mae hyn yn ddiddorol dros ben i fi, yn fwy felly na fedra i ddeud na esbonio i chi. Dwi wedi dysgu gymaint am y bobol yma, dros y blynyddoedd, wedi gorfod cael ychydig i wneud â nhw, ond mae hyn yn wahanol. Mae'r ferch yma yn ei chanol hi. Rhiannon Edwards. Yn ei chanol hi go iawn. Ac yng nghanol pobol mor beryg â'r diafol ei hun. Nid *gangsters* cyffredin, sy'n delio cyffuriau neu'n benthyg arian i'r anffodus rai 'di rhain. Pobol ddidostur, creulon i'r eitha' sy'n rhan o rwydwaith rhyngwladol o bobol o'r un meddylfryd yn gefn iddyn nhw, dyna pwy 'da chi'n eu hwynebu.'

'Lle, sut, pam, a hefo pwy, Mister Lewis?' erbyn diwedd ei frawddeg roedd Madog yn dal pedwar bys i fyny o flaen Tegid Lewis. 'Rhiannon!' Syllodd Madog ar Tegid, ei wyneb fel pe bai'n barod i fynd i ryfel.

Tagodd Tegid Lewis a chlirio'i wddw, ei dalcen wedi crychu'n rhychau hir. 'Mae hi yng Nghaerdydd, Mister Roberts. Hefo dyn o'r enw Adrian Jordan, 'da chi 'di clywad yr enw?'

'Rhyw hannar cofio bod gynno hi gariad coleg, neu wedyn, o'r enw Adrian. Flynyddoedd yn ôl,' atebodd Madog yn gwyro ymlaen, ei freichiau'n gorwedd ar ymyl y bwrdd cadarn.

'Wel, dyn busnes ydi Adrian Jordan ar y wyneb. Mae'n berchen ar glybiau nos a gyms ac ambell i fusnes arall hefyd, megis garej yn ardal Cathays,'

'Stanmore Motors!' ebychodd Madog.

'A dyma ni. Heb hyn fyswn i'n nunlle. Diolch i'r diweddar Ian Richardson mi roedd yna linyn tenau i'w ddilyn. A dilyn mi wnes. Mae'r sut hefyd yn amlwg i mi, erbyn hyn. Y rheswm paham ei bod yn fodlon diflannu yn y ffordd mwyaf dramatig, gadael ei swydd, rhoi ei thŷ ar y farchnad. Llai na mis yn ôl dychwelodd ei merch fach i Gymru, oedd wedi bod yn byw yn Seland Newydd gyda'i modryb am ryw bedair, pum mlynadd. Mair.'

'Hefo Enid, chwaer Rhiannon. Be? Mae hi wedi dod adra? Merch Rhiannon, Mair?'

'Ia, merch Rhiannon a'r Adrian Jordan yma. Ond yn anffodus i chi, Mister Roberts...'

'Madog, galwch fi'n Madog, plîs.'

'O'r gora, gangster go iawn ydi'r Adrian Jordan yma. Ei dad oedd BT Jordan, sylfaenydd y deyrnas danddaearol fwyaf mae Cymru fach erioed wedi'i gweld. Yn seiliedig i gychwyn ar ddatblygu Caerdydd. Busnas adeiladu Jordan Limited.

109

Llwgrwobrwyo, blacmel, gwleidyddion yn ei boced. Mynd o ddim i fod yn ddyn cyfoethog dros ben. Wedyn mae o'n marw ddiwedd y nawdegau, damwain car, meddan nhw, ond tydi'r amgylchiadau ddim yn awgrymu damwain. Beth bynnag, mae ei frawd yn rhedeg y busnas am ryw ddegawd ac mae pethau'n dechrau mynd yn flêr, gangiau eraill yn dechrau cael gafael yn y ddinas. Ond wedyn mae'r mab yn ymuno efo'r busnas, Adrian, ac mae popeth yn newid, bron dros nos.'

'Beth bynnag, beth sydd yn amlwg ydi bod eich ffrind chi, Rhiannon, wedi ceisio dianc oddi wrth y dyn yma rai blynyddoedd yn ôl, gan guddio'u merch yn Seland Newydd. Rhyw fath o bolisi insiwrans, os leciwch chi. Ond wedyn ychydig fisoedd yn ôl dyma'r dyn drwg yma o'i gorffennol yn dod o hyd i'w merch ac wedyn yn gorfodi Rhiannon yn ôl i Gaerdydd. Hi a'r ferch fach ddeg oed.'

'Deg oed?' gofynnodd Madog, yn torri ar draws.

'Wel na, rhyw naw a hanner, mewn gwirionedd.'

'Ydach chi'n siŵr o hynna, Mister Lewis?'

'Wel, dwi wedi gweld ei thystysgrif geni hi, felly yndw.'

'Mam bach!' sibrydodd Madog dan ei wynt.

'Be sy?' gofynnodd Edgar, y gwaed yn diflannu o wyneb ei ffrind a'i adael yn edrych mor welw â drychiolaeth.

'Nath hi ddeud celwydd wrtha i,' meddai Madog fel pe bai mewn breuddwyd.

'Pwy?' gofynnodd Edgar 'Rhiannon?'

'Ddudodd hi mai wyth oed oedd y ferch fach. Wyth, Eds, dim naw,'

'Ia, so?'

'Pam deud clwydda? Doedd dim ond un rheswm pam.'

'Pam?'

'Fi ydi'i thad hi, Eds. Fy merch i ydi Mair.'

Madog

Gyrrodd i lawr y lôn fach gyfarwydd, erbyn hyn. Roeddynt newydd basio trwy'r siecpwynt cyntaf i'r pentref. Y siecpwynt mwyaf cynhwysol. Fel rhywbeth o ddwyrain Ewrop adeg y rhyfel oer. Giât cantilifrog ar draws y ffordd. Dynion mewn iwnifform. Cwpwl o gŵn Alsás ar denynnau byrion. Awr i ffwrdd o Gaerdydd, nid Berlin.

Eisteddai dau ddyn busnes o Loegr yn sêt gefn y tacsi. Roedd un wedi meddwi dipyn mwy na'r llall, ac yn amlwg ychydig yn nerfus am y trip o Gaerdydd i ganol nunlle. Hwn oedd y noson pan oedd Madog am fentro ymhellach. Am geisio mynd i'r pentref ei hun.

Yn ystod y mis ers cyfarfod Tegid Lewis yn Lerpwl, roedd Madog wedi symud i lawr i Gaerdydd ac wedi llwyddo, o fewn ychydig o wythnosau, i gael ei hun ar lyfrau'r Gemini Enterprise. Synnodd pa mor hawdd oedd hi wedi bod mewn gwirionedd. Roedd y gyrwyr tacsi oedd ar y llyfrau wrth eu boddau. Dim syndod. Gyda hanner dwsin o dripiau i fyny at giât pentref Maes y Lludw ac yn ôl, roedd gyrrwr yn ennill cymaint â gwaith dwy noson o yrru o gwmpas y brifddinas.

Pres hawdd.

Wrth gwrs, er nad oedden nhw'n cael mynd yn agos at y pentref, roedd y dynion tacsis i gyd yn ymwybodol o natur eu gwaith. Hebrwng dynion, yn bennaf, i gael rhyw gyda phuteiniaid; dyna oedd y gwaith.

Pres hawdd ond pres budur.

Roedd y mynychwyr yn gyson yn drewi o ryw wrth gael eu gyrru yn ôl lawr am oleuadau Caerdydd, Casnewydd neu Abertawe, yn aml ym mherfeddion bach y bore.

Ond er eu bod yn ymwybodol o'r sefyllfa, doedden nhw'n gweld dim oll. Roedd y tacsis yn hytrach yn casglu, yn ddwsinau o geir, wrth siecpwynt ychydig gannoedd o fetrau o dai cyntaf y pentref. Ar y penwythnosau roedd y gyrwyr yn gallu clywed sŵn bas cerddoriaeth ddawns yn cyrraedd o'r plasdy ym mhen draw Maes y Lludw.

Dros yr wythnosau diwethaf roedd Madog wedi cael gymaint o wybodaeth a oedd ei angen arno gan y cwsmeriaid ar y ffordd yn ôl i'r ddinas. Yn aml doedd dim hyd yn oed angen iddo ofyn unrhyw beth, roedden nhw wedi meddwi ac yn awyddus i rannu a thrafod eu hanturiaethau o'i flaen.

Weithiau, os oedd am wybod rhyw fanylyn penodol ac yn gwybod bod y cwsmer wedi mynychu'r union le, byddai Madog wedyn yn ei annog i rannu, yn ei brocio a'i holi ac yn bod yn hynod gyfeillgar.

Wrth gwrs moch oedden nhw bob un. Ac roedd Madog yn dychwelyd i'w fflat bychan bob nos fel roedd yr haul yn codi ac yn cael cawod cyn mynd i'w wely.

Rhaid oedd edmygu trefn y fenter. Roedd Gemini Enterprise wedi'i sefydlu yn brocsi fel nad oedd arian yn newid dwylo rhwng y dynion tacsi a'r cwsmeriaid. Byddai pob cwsmer – dynion yn bennaf, er bod Madog wedi hebrwng sawl cwpwl hefyd, yn prynu tocyn gan Gemini Enterprise. Roedd y tocyn, yn ddibynnol ar eu hanghenion, yn costio unrhyw beth i fyny at dair mil o bunnoedd. Dyna'r oll oedd raid i'r cwsmer wneud wedyn oedd dangos y tocyn i'r gyrrwr tacsi gyda bathodyn Gemini Enterprise ar ei ffenestri blaen a co nhw off! Roedd y gyrwyr yn torri cynffon oddi ar y tocyn ac wedyn yn derbyn eu pres wrth gyflwyno'r gynffon fach bapur i Gemini Enterprise.

Y cyfan oedd swyddfa'r cwmni mewn gwirionedd oedd dyn yn nghefn siop secs o'r enw 'No Strings' ynghanol y ddinas. Dyna oedd yr unig beth nad oedd y dynion tacsis yn hapus yn ei gylch: cael eu gweld yn mynd a dod o'r siop secs, fel pe baent yn gwsmeriaid.

Gwnâi Madog yn siŵr ei fod yn mynd i nôl ei bres cyn cychwyn shifft arall. Unrhyw beth rhwng dau a thri chan punt, fel arfer. Roedd Madog wedi casglu miloedd mewn hen dun bisgedi yng nghefn un o'i gypyrddau yn y gegin gyda'r bwriad o'u rhoi i ryw elusen gwarchod menywod bregus wedi i'r helynt yma ddod i ben. Os byddai terfyn iddo.

Ond, beth bynnag fyddai'n digwydd, heno fyddai'r cychwyn. Gwyddai fod Rhiannon yn y plasdy ac yno oedd yr unig le y byddai modd ei gweld. Gwyddai ei bod hi'n cael ei hebrwng yn ôl i'r tŷ mawr yn Nghyncoed, Pen y Parc am hanner nos. Digwyddai hyn bob noson o'r wythnos, mewn Mercedes hefo ffenestri duon. Yr un dyn oedd yn ei gyrru bron bob nos. Byddai'r dynion tacsi eraill yn dweud pethau fel, 'here comes the boss' a 'lady muck on her way home'.

Gwnâi Madog yn siŵr ei fod yn cuddio yn y cysgodion pan fyddai'r car yn pasio. Doedd o ddim am ddychryn na chodi gobeithion Rhiannon, heb fod ganddo rywbeth i'w gynnig. Rhyw ddihangfa.

Ac felly dyma ollwng y dynion wrth y siecpwynt gan godi llaw ar Darren, gwarchodwr y giât cantilifrog hir. Cododd yntau ei law yn ôl wrth i'r ddau gwsmer fynd allan o'r tacsi. Ceisiodd y dyn nerfus roi decpunt iddo a dyma Madog, yn ôl ei arfer, yn gwthio'r papur yn ôl at y dyn a dweud, 'No tips, gentlemen. Do not tip anyone.' Un o reolau Gemini Enterprise oedd fod popeth wedi'i dalu o flaen llaw. 'They should've told you that.'

'They did, I just forgot.' meddai'r dyn yn chwerthin yn nerfus gan stwffio'r papur decpunt yn ôl yn ei waled dew.

'Enjoy!' meddai Madog, fel roedd o wastad yn ei ddweud, er ei fod yn meddwl yn llwyr i'r gwrthwyneb.

Gwelodd y dynion yn rhoi eu tocynnau i Darren, yn

cerdded o amgylch y giât, ac yn cael eu llyncu gan y nos. Gyrrodd ymlaen ychydig gan droi'r tacsi yn ôl am y pedwar caban, dau bob ochr i'r ffordd yn wynebu ei gilydd, ble roedd y dynion tacsi'n aros am eu cwsmeriaid i ddychwelyd. Roedd hefyd hanner dwsin o doiledau cemegol cludadwy mewn rhes wrth ochr y caban pellaf ar y chwith oddi wrth y siecpwynt. Roedd hi'n gymharol gynnar ar nos Fercher a doedd dim mwy na phump ar hugain o dacsis wedi parcio yn y maes parcio wrth gefn y ddau gaban ar y dde. Roedd lle yno i saithdeg o geir, a rhai yn gorfod parcio ar y lôn wedyn ar nosweithiau prysur.

Parciodd Madog. Edrychodd o gwmpas y maes parcio wrth ddod allan o'i dacsi. Neb o gwmpas. Aeth at din y car ac agor y gist yn gyflym ac estyn bag chwaraeon du allan cyn cau'r gist yn dawel. Cerddodd allan o'r maes parcio a mynd at y caban cyntaf wrth ymyl yr adwy. Dau bostyn pren trwchus a dim giât. Lluchiodd y bag chwaraeon yn ysgafn rownd ochr y postyn dde i orwedd yn erbyn y ffens.

Lle gwneud paned a chegin fechan gyda hanner dwsin o fyrddau oedd yn y caban yma. Eisteddai pump o ddynion wrth y bwrdd pellaf a dyma dri ohonyn nhw'n amneidio'u pennau tuag at Madog mewn ffordd o groeso i gydweithiwr. Roedd Radio 2 ymlaen, fel arfer yn y caban hwn. Cododd Madog ei fawd i'w cyfeiriad ac aeth i'r cwpwrdd wrth ochr y sinc i nôl mŵg. Rhoddodd un o'r pedwar tecell trydan i ferwi.

Chwibanodd i gyfeiriad y dynion wrth y bwrdd gan godi'i fŵg arnynt. Ysgydwodd pedwar o'r pump eu pennau arno, rhai yn codi bodiau. Pawb yn iawn. Roedd y pumed a'i ben mewn llyfr trwchus oedd yn amlwg wedi'i ddarllen gan nifer yn barod, â'i dudalennau'n glustlipa i gyd. Edrychai'i glawr coegwych fel rhywbeth gan Dan Brown i Madog.

Ar ôl gwneud paned o goffi cryf iddo'i hun cerddodd

allan o'r caban yn hamddenol. Unwaith roedd o allan o olwg y dynion yn y caban lluchiodd y coffi ar lawr. Cerddodd yn gyflym yn ôl am y maes parcio. Rhoddodd y mŵg gwag ar lawr wrth y postyn gan godi'r bag chwaraeon ac agor ei sip. Edrychodd o'i gwmpas eto cyn tynnu crys gwyn a thei o'r bag. Gwisgodd y crys dros ei grys-t llwyd a lapiodd y tei am ei wddf yn gyflym. Aeth i'r bag eto ac estyn pâr o esgidiau duon. Tynnodd ei Nikes heb gyboli agor y carrai a gwthiodd ei draed i mewn i'r esgidiau. Rhoddodd y Nikes yn y bag cyn ei gicio o'r golwg unwaith eto tu ôl i'r postyn. Cerddodd yn gyflym i ben draw'r maes parcio ble roedd hi'n eithaf tywyll yn nghysgod y graig, cyn neidio dros y ffens weiren newydd oedd yn amgylchynu'r maes. Edrychodd ar ei oriawr. Roedd hi'n chwarter i ddeg. Byddai'n rhaid iddo fod yn ôl gyda'i dacsi yn barod i hebrwng y ddau fochyn bach 'na'n ôl i Gaerdydd erbyn chwarter wedi, fan bellaf. Gwthiodd ei ffordd i mewn i'r llwyni trwchus tu draw i'r ffens.

Roedd coedwig o goed pîn trwchus bob ochr i'r ffordd i Maes y Lludw â'r coed yn dringo i fyny llethrau serth y cwm ar yr ochr dde. Dyma'r ffordd roedd Madog wedi'i dewis i snechian i mewn i'r pentref. Gwyddai nad oedd neb yn patrolio'r coedwigoedd gan mai wrth y brif reolfa, filltir i lawr y lôn roedd y gwarchodlu ar ei brysuraf a mwyaf gwyliadwrus. Brysiodd drwy'r coed â'r halen yn ei chwys yn dechrau pigo'i lygaid. Roedd o'n difaru iddo beidio â thynnu ei grys-t cyn gwisgo'r crys.

Ymhen ychydig daeth at ymyl y goedwig a dringo dros hen ffens weiren oedd yn plygu'n hawdd dan ei bwysau. Gallai weld cysgodion tywyll talcen dwy res o dai teras i lawr ochr y bryn a chae bychan rhwng y coed a hen bentref pwll glo Maes y Lludw. Brysiodd ar ei gwrcwd ar draws y cae a'r gwair yn eithaf uchel, i fyny at ei bengliniau. Gallai weld pobol yn cerdded y pafin ochr bella'r pentref dan olau gwyn y lampau stryd; dwsin neu fwy o ddynion a sŵn chwerthin yn yr awyr. Sylwodd ar ambell un yn sefyll yn llonydd, eu cyrff yn syth fel cerrig terfyn. Dynion Adrian Jordan yn gwarchod ei fusnes. Deallai Madog nad oedd y dynion yma'n mynychu'r tai oni bai fod trwbwl yn codi. Eu gwaith nhw oedd edrych yn galed a gwneud yn siŵr nad oedd y cwsmeriaid yn curo neu'n 'difrodi'r' merched yn ormodol. Cadw llygad ond peidio ag ymyrryd os nad oedd rhaid. Roedd pedair dynes yn rhedeg y tai, yn ôl y sôn. Merched reit arw, ambell un, meddai'r dynion. Cyn buteiniaid, oedd erbyn hyn wedi colli'u gallu i hudo cwsmer. Eu swyddi nhw felly oedd mynd o dŷ i dŷ, drwy'r dydd a nos, i gadw trefn ar y merched.

Roedd cowtiau cefn hir a thenau'r tai teras yn terfynnu yn erbyn y graig oedd yn codi'n eithaf serth i fyny ymylon de'r cwm. Wedi croesi'r cae dringodd Madog ar ben wal gefn drwchus y cowtiau gan ddechrau cerdded yn ofalus ar ei hyd. Roedd hi'n gwbl dywyll ym mhen draw'r iard â'r tai'n fwy nag ugain metr i ffwrdd. Gallai weld cysgodion cyrff yn ffenestri ambell dŷ, i fyny ac i lawr grisiau. Anelodd am ganol y stryd. Gwyddai fod yno lwybr cul yn rhannu'r stryd deras yn ddwy. Arweiniai'r llwybr cul i fyny'r cwm ble peidiai'r graig fod mor serth am ychydig. Ond erbyn i Madog gyrraedd y canol, gwelai fod y llwybr i fyny'r cwm bron wedi diflannu dan ddryslwyni trwchus.

Neidiodd i lawr a dechrau cerdded i lawr y llwybr am y tai, ei galon yn curo fel pe bai am ddianc o'i gorff. Sythodd ei dei a rhoi cynffonnau'i grys i gadw yn ei drowsus cyn mentro rhwng dau dalcen y tai teras ac allan i'r stryd. Canol pentref Maes y Lludw.

Y peth cyntaf a ddaeth i'w feddwl oedd bod yr olygfa o'i flaen yn ei atgoffa o'r hen ffilmiau Wild West y byddai Madog wrth ei fodd yn eu gwylio pan oedd yn blentyn.

Dwsinau o ddynion yn crwydro'r stryd yn edrych ychydig yn simsan ar eu traed. Dim ceir. Dim ond dau fygi gwyn, tebyg i'r rhai oedd yn hebrwng staff o gwmpas pentref Portmeirion, meddyliodd Madog.

Cerddodd i'r dde gan anelu am y plasdy. Gallai weld goleuadau yn ei ffenestri yn y pellter. Llc rhyfeddol, meddyliodd. Mor syml. Dwy stryd o dai syth a phlasdy bach yn eu hwynebu ar ben gogwydd ysgafn y lôn. Tŷ goruchwyliwr y gwaith glo, ers talwm, siŵr o fod. Meddyliodd nad oedd y plasdy yn ddigon mawr i fod yn dŷ i berchennog pwll glo. Cyfrodd Madog bum ffenest ar flaen y plasdy gyda phortsh syml agored yn gwarchod drws ffrynt wedi'i beintio'n goch.

Roedd un o'r gwarchodwyr yn edrych ar hanner dwsin o ddynion yn cerdded allan o giatiau haearn agored y plasdy. Gwelodd Madog botel o gwrw ar silff ffenest wrth ei ochr a chydiodd ynddi gan ddechrau cerdded ychydig yn flêr. Cerddodd heibio'r dyn gan godi'i botel i'w gyfeiriad wrth basio.

'Allright?' meddai yn ei acen Saesneg orau, rhywle rhwng Lerpwl a Manceinion. Nid atebodd y dyn. Roedd yn amlwg fod ganddo fwy o ddiddordeb yn yr hanner dwsin oedd yn prysur gerdded yn faglog tuag atynt.

'Whey-hey!' meddai'r dyn pen blaen wrth iddynt gyrraedd Madog, eto'n codi'i botel gwrw wag tuag atynt.

'Have fun, you fucker!' bloeddiodd un arall a dyma nhw i gyd yn chwerthin wrth i Madog basio. Cerddodd drwy'r giatiau yn clywed y dynion yn ymbellau wrth ei gefn a dechreuodd ymlacio fymryn. Cerddodd am y plasdy at un o'r dynion oedd, fel delw, yn gwarchod y drws coch. Roedd yn cydio yn ei ddwylo oedd yn gorwedd ar ei fol o'i flaen.

'Allright?' meddai Madog eto gan estyn am y drws.

'Knock first, mate,' meddai'r bownsar, fel pe bai wedi blino dweud yr un peth trwy'r amser. Oedd yn wir, siŵr o fod, meddyliodd Madog. Cododd forthwyl y drws a'i ollwng yn erbyn ei dderbynnydd efydd. Arhosodd am ychydig gan osgoi edrych i fyny ar y camera oedd yn pwyntio ato yn nenfwd y portsh.

Agorodd y drws.

Rhiannon.

Rhiannon yn gwisgo jympsiwt gorwyrdd ac yn edrych mor hyfryd ag erioed.

Rhiannon yn sefyll o'i flaen.

Doedd o ddim wedi disgwyl hyn. Doedd o ddim wedi dychmygu y byddai hyn yn gallu digwydd.

'Madog?' meddai, gyda'r braw yn amlwg ar ei hwyneb. Yna, mewn eiliad newidiodd ei hystum i rywbeth rhwng dychryn a gwylltio. 'Dos o 'ma!' sibrydodd yr ebychiad tra ar yr un pryd yn dechrau cau'r drws coch.

Ond ar yr un pryd teimlodd Madog ddwylo cadarn ar ei gefn yn ei wthio drwy'r adwy ac i mewn i'r plasdy. Torrodd y botel gwrw yn erbyn morthwyl y drws wrth iddo godi'i ddwylo i geisio arbed ei hun rhag disgyn ar ei wyneb yn y cyntedd.

Camodd Rhiannon yn ôl, ei llaw i fyny wrth ei cheg mewn braw.

Teimlodd Madog ddwy fraich yn cau am ei ganol. Ceisiodd ryddhau ei hun, yn reddfol, drwy ôlbwnio'i ben a cheisio darganfod gên neu drwyn ei ddaliwr. Ond roedd y dyn yn dipyn mwy na Madog ac wedi hen arfer, siŵr o fod, â'r fath dacteagau brwnt.

Agorodd y drws agosaf i'r dde, wrth gefn Rhiannon, a cherddodd dyn pryd tywyll allan i'w gyfarch. Roedd ei freichiau allan o'i flaen a gwên-deg ar ei wep Canolforol yr olwg.

'Bojan!,' ebychodd Rhiannon, bron yn gweiddi ar y dyn wrth ei hochr. 'What the fuck!'

'Welcome, Mr Roberts. Welcome,' meddai'r dyn Bojan, a chyda hynny ymddangosodd teclyn yn ei law oedd yn amlwg wedi bod yn cuddio i fyny llawes ei grys du. Cyn i Madog gael cyfle i feddwl beth yn y byd oedd o, chwifiodd y dyn ei fraich dde at ei ben. Aeth popeth yn ddu.

Ian

Codwyd y cwdyn du oddi ar ei ben.

Gormod o olau. Er ei fod o'n cau ei lygaid, roedd fel pe bai'n edrych i fyw yr haul.

Doedd o ddim yn siŵr beth oedd yn digwydd.

Un ai roedd o'n breuddwydio, neu roedd rhywbeth mawr iawn o'i le.

Roedd ei gorff yn crynu'n anwirfoddol. Ei ben fel pe bai mewn niwl trwchus. Doedd o ddim yn gallu cadw gafael ar ei feddyliau. Gallai ganolbwyntio ar fod yn flin ond dyna'r oll.

'Hello, Mr. Richardson,' meddai rhyw lais hanner cyfarwydd. Dyn o dramor, acen Eidalaidd efallai?

'Ffyc off!' mwmialodd y ditectif, ei eiriau'n ddiarth iddo er ei fod yn eithaf sicr mai fo oedd wedi'u hynganu.

'No, no, my friend. Nobody's going anywhere for now. We are almost ready to let you go home, but first you must answer a few more questions.'

Gyda hynny, teimlodd Ian rywun yn tynnu'i esgid. Doedd o ddim yn siŵr pa droed, ond roedd 'na rywun yn ffidlan o gwmpas i lawr yn fanna.

Yna'r pigiad melys.

Cododd cynhesrwydd yn don angylaidd drwy ei gorff. Roedd popeth yn iawn, unwaith eto. Doedd dim unrhyw beth arall yn cyfri, beth bynnag. Dim ond y teimlad, y wefr yma. Yr eiliad hon.

Roedd o'n gallu teimlo'i enaid yn gwenu. Doedd o ddim yn gallu teimlo'i wefusau i wenu, ond roedd ei holl gorff yn wên. Roedd y teimlad o hapusrwydd yn aruthrol ac yn syfrdanol. Teimlai fel pe bai pob darn o'i gnawd a gwaed wedi cael eu boddi mewn candi-fflos pinc a chynnes a melys.

Waw!

'Ti'n clywed fi, pal?' llais y Cymro nesa, o bell. O ochr arall y byd, ond yn ei ben. Yn ddwfn yn ei ben, nid yn ei glustiau. 'Ian, ble wyt ti?'

'Caerdydd,' atebodd Ian, ei dafod yn dew a diarth fel broga yn ei geg.

'*That's right*, pal. A ble ti'n dod?'

'Bangor.'

''Na ti, boi! Pam ti 'ma 'te? Chwilio am rywun, ti'n cofo?'

'Rhian,' meddai Ian yn meddwl am yr wyneb hyfryd yn y llun roedd Madog wedi'i roi iddo. 'Non,' meddai wedyn.

'Rhiannon, gwboi.'

'Rhiannon,' ailadroddodd Ian Richardson.

'Pam ti'n wilo amdani, te? Ti'n cofo?... Ian, mýn?'

'Madog yn poeni,' meddai, ei dalcen yn crychu. Teimlai'n gysglyd mwyaf sydyn, y syrthni yn ei drechu.

'Madog? Aros 'da ni, nawr Ian.' Teimlodd Ian rywbeth ar ei wyneb. Pluen fawr ella. Roedd hoel llaw Jimmy Whitehall yn biwsgoch ar ei foch dde. 'Pwy yw Madog?'

'Rô-berts,' canodd y ditectif, wedi blino'n llwyr. 'Shhhwshh, rŵan. Paid â deud dim mwy, Ian.' meddai wrtho'i hun. 'Shhshhh.'

Aeth Ian Richardson i gysgu.

Adrian

Ysgydwodd Adrian Jordan ei ben ar Bojan Simonović, ei freichiau ar led ar hyd cefn y soffa ledr feddal roedd o'n eistedd ar ei chanol hi.

'Again, with the negative thinking, Bojan,' meddai â'r Serbiad yn sefyll o'i flaen yn yfed paned o de dail perlysiau. 'The private dick's dead and gone. Cops won't chase after a dead junkie, even one of their own. We've made double sure of that. And this Madog bloke? Well, just keep an eye on him. He'll forget all about her, soon enough.'

'If you say, boss,' Gwyddai Bojan yn iawn na fyddai'r dyn o'r pwll yn anghofio am Rhiannon Edwards. Pwy allai anghofio'r fath ddynes? Byddai llawer o ddynion yn cerdded ar draws anialwch y Sahara i gael llyfu'r chwys oddi ar ei thraed.

'Get Jimmy to send some boys. Not those fuckin' Grevelle idiots. Good men to keep an eye on him for a few weeks.'

'Boss,' cerddodd Bojan allan am gyntedd Pen y Parc.

'O! Bojan? Those whores are coming in tonight. Is the big house ready?'

'Yes, boss. Jimmy's guiding the lorry to the village. No point in letting them see where they are.'

'True dat, my friend,' meddai Adrian Jordan yn pwyntio bys at ei weithiwr gorau. Gadawodd Bojan a dyma Adrian Jordan yn dweud ar ei ôl. 'Chill out, gyfaill, chill the fuck out.'

Roedd popeth yn datblygu'n wych gyda'r pentref hwrod. Y tai i gyd yn cael gwaith atgyweirio fyddai'n codi gwerth y pentref yn sylweddol ar ddiwedd y chwe mis. Bonws ar ddiwedd prosiect llewyrchus dros ben. Am y tro, roedd y puteiniaid am aros yn y plasdy ym Maes y Lludw. Roedd hwn eisioes wedi'i adnewyddu ac yn barod am hanner blwyddyn hynod brysur. Dyma fyddai gweithle Rhiannon hefyd. Hi fyddai'n gyfrifol am gadw trefn ar y safle. Doedd Adrian fyth am dywyllu drws y lle. Pam cymryd y risg?

Gallai Rhiannon fod yn wyneb i'r fenter os digwydd i rywbeth fynd o'i le.

Meddyliodd am ei ferch yn cyrraedd y wlad cyn hir. Llai na mis cyn cael gweld Mair fach am y tro cyntaf ers dros bedair blynedd.

Wedyn ar ddiwedd y chwe mis, pwy a ŵyr? Falle y byddai'r bitsh wirion wedi dod at ei choed. Wedi dysgu'i gwers ac yn barod i ddychwelyd.

Happy ffycin *families.*

Neu falle y gallai ei rhoi hi'n bresant i Bojan. Roedd o wedi sylwi sut roedd yr anifail yna'n edrych arni; pan oedd o'n meddwl nad oedd o'n talu sylw. Ond roedd Adrian yn gweld popeth. Y cyfan oll i gyd. Cododd i sefyll. Er ei bod hi wedi hanner dydd roedd o'n dal yn ei wn nos sidan, a dim byd oddi tano. Safodd yno am orig yn rhwbio'i geilliau yn anhunanymwybodol.

'Reit!' meddai wrtho'i hun gan frysio allan o'r ystafell fyw ac anelu am y grisiau. Dringodd ddwy ris ar y tro a brasgamu lawr y coridor am ei ystafell wely yng nghefn Pen y Parc. Caeodd a chloi'r drws ar ei ôl gan ysgwyd y gwn nos i lithro oddi ar ei ysgwyddau i'r llawr.

Cerddodd yn noeth heibio'i wely at y wal bellaf. Agorodd Adrian y trydydd drws o'r chwith, y drws canol. Wedi hel y crysau gwynion ar y rheilen i'r naill ochr, pwniodd 1979, yn gyflym ar rif-fwrdd blaen y sêff fechan. Agorodd i gyfeiliant yr hen chwiban gyfarwydd. Roedd y sêff yn wag heblaw am fodfedd o bres poced, tua mil o bunnoedd. Rhoddodd y wad ar ben y sêff cyn tynnu ar y darn o frethyn wrth wal gefn y sêff a hel y cefn ffug allan o'r blwch. Edrychodd ar yr ail rif_fwrdd cudd gan bwnio 1950 arno'n ddiamynedd. Clywodd y mecanwaith lawer mwy yn cychwyn ei waith cyn i holl wal gefn y cwpwrdd ddechrau symud yn ôl rhyw ddeng modfedd ac yna llithro'n llyfn i'r chwith yn gyfochrog â'r wal. Daeth y golau ymlaen yn awtomatig a cherddodd Adrian Jordan i mewn i ogof ei dad, BT.

Ni wyddai neb am yr ystafell ddirgel hon. Ddim hyd yn oed ei ewyrth. Pan godwyd y tŷ gan BT yng nghanol yr wythdegau roedd ei dad wedi denu criw adeiladu arbennig o'r Almaen oedd yn arbenigo mewn ystafelloedd cudd neu ddiogel oddi wrth herwgipwyr, ac yn y blaen.

Wrth gwrs doedd BT Jordan yn poeni dim am y fath drafferthion. Angen rhywle i guddio holl waith y Gath Ddu oedd o. A dyma'r union le.

Pan gymrodd Adrian yr awennau oddi wrth ei ewyrth, dywedwyd wrtho am yr ystafell hon gan ei fam, heddwch i'w llwch. Ac yma, yn ei drysorfa o ddogfennau'n mynd yn ôl i'r saithdegau cynnar, roedd holl rym a phŵer ei dad. Dyma'r byd roedd mam Adrian wedi gobeithio y byddai ei mab yn osgoi cael unrhyw beth i wneud ag o.

Un peth roedd ei dad wedi'i fynnu oedd cadw digon o bres yn yr ystafell ddirgel i allu cychwyn eto yn rhywle arall tase rhaid. Arian wrth gefn a chynllun wrth gefn.

Ac felly roedd Adrian wastad yn cadw dau bâr cilogram o aur gwerth tua deng mil ar hugain o bunnoedd yr un, can mil mewn ewros a chan mil o ddoleri. Roedd ganddo hefyd ugain o ddiemwntiau rhydd o'r safon D uchaf a etifeddod o gynllun 'wrth gefn' ei dad. Ni wyddai faint yn union oedd gwerth rhain, ond tybiai eu bod yn gannoedd o filoedd.

Roedd wedi mynd â merch dlos i weld y diemwntiau unwaith pan oedd yn ifanc a ffôl. Rhoddodd fwgwd dros ei llygaid a'i hebrwng hi, y ddau'n chwerthin wedi meddwi'n braf i fyny i'r ystafell wely. Aeth Adrian â hi i mewn i'r ystafell gudd, a'i chloi ar eu holau. Roedd ei llygaid yn fawr fel rhai Gollum wrth iddo dynnu'r mwgwd, y diemwntiau'n disgleirio o'u blaenau. Cael rhyw gwyllt wedyn ar y llawr; y llawr marmor oer.

Roedd wedi difaru'n llwyr y bore wedyn a chafodd y ferch dlos ei hel wedyn ar draws y môr i Limerick i gychwyn bywyd newydd gyda'r Cat Dubh. Doedd o ddim yn cofio'i henw. Tybed oedd hi'n dal yn fyw, meddyliodd Adrian, bymtheg mlynedd yn ddiweddarach? Rhoddodd gwdyn du felfed y diemwntiau yn ôl yn ei gartref ar ben yr aur.

Gallai fod wedi lladd y ferch, ond roedd hi'n ffwc dda felly tybiodd llawn cystal iddi fod yn butain yn bell i ffwrdd. Doedd dim llawer ym mhen y ferch, ond gwell oedd bod yn sâff.

Cydiodd yn y ddogfen oedd o wedi dod yma i'w hastudio. Ffeil y Shvarts Kats. Edrychodd beth oedd enw'r llong oedd yn cynnwys y merched oedd yn cyrraedd y noson honno. Y *Blue Star of Tel Aviv*. Nodiodd wrtho'i hun gan gadw'r ffeil yn ôl yn daclus ar y silff. Gadawodd yr ystafell gan bwyso'r botwm i gau'r mecanwaith yn llyfn y tu ôl iddo. Trodd a chau'r sêff bychan a rhoi'r crysau yn eu lle arferol.

Rhiannon

Beth ddiawl oedd Madog yn ei wneud yma? Y person diwethaf yn y byd roedd Rhiannon yn ddisgwyl ei weld yn yr uffern hwn.

Y pydew afiach yma.

Am eiliad erchyll roedd hi wedi meddwl mai cwsmer oedd o; mai cyd-ddigwyddiad anhygoel oedd wedi digwydd pan agorodd hi'r drws.

Madog ffycin Roberts. Hyfryd Madog. Madsi!

Ond na, wedi dod i'w hachub oedd y ffŵl gwirion. Y cariad mawr gwirion. Ond roedd Bojan yn gwybod amdano. Wedi'i alw wrth ei enw, cyn ei daro'n fud.

Gorweddai Madog yn ddiymadferth ar y sêt gyferbyn â Bojan a Rhiannon yn nghefn y Mercedes E-Class Limousine. Roedd gwaed wedi dechrau sychu'n barod yn ddiferiad tenau o'i glust ac i lawr ei ên. Eisteddai Jimmy Whitehall yn gwmni iddo gan wenu arni hi fel pe bai'n mwynhau pob eiliad.

'T'isio llun?' gofynnodd wrth y dyn seimllyd.

Chwarddodd Jimmy wich ryfedd, tebyg i'r sŵn a wnâi merch saith mlwydd oed. 'O's plîs,' meddai cyn chwerthin eto.

Lle roedd Simonović yn mynd â nhw? Yn ôl i Pen y Parc? Rhywle arall, tawel?

Roedd ei bol yn corddi fel peiriant golchi dillad wrth iddi boeni am Madog Roberts, y ffŵl mawr gwirion.

Digwyddodd rhywbeth arall pan welodd hi Madog yn nrws y plasdy uffernol yna. Daeth cywilydd drosti, cywilydd o gael ei darganfod yn gweithio yn y fath le. Bwriad Adrian, wrth gwrs, oedd i'w darostwng hi'n llwyr trwy ei chael i...wel, mewn gwirionedd, rhedeg puteindy. Neu a bod yn fanwl gywir, er nad oedd ffasiwn air yn bodoli, puteinbentref.

Ac oherwydd nad oedd dewis ganddi, roedd Rhiannon wedi gwneud y gorau o'r sefyllfa. Wedi ceisio bod yn broffesiynol. Trin y busnes fel unrhyw fusnes arall. Fel rhedeg pwll nofio, er enghraifft.

Gwasanaeth, gyda staff a chwsmeriaid. Rotas, diogelwch, cwynion a datrys unrhyw broblemau fel y codent.

O fewn ychydig wythnosau roedd hi wedi dechrau, na ella wedi dewis dechrau mwynhau'r gwaith. Mwynhau'r cyfrifoldeb. Yn sicr roedd llawer gwell ganddi'r oriau cyn hanner nos; cyn iddi orfod dychwelyd i Gaerdydd, yn ôl at gwmni Adrian Jordan. Roedd Adrian, hefyd, wedi mynd yn fwy blin a sarhaus oherwydd fod y bywyd roedd o wedi ei ddewis iddi ddim yn achosi mwy o ddioddefaint iddi. Y bywyd newydd erchyll. Roedd Rhiannon yn benderfynol o beidio â rhoi'r boddhad iddo o'i gweld yn dioddef. Doedd dim wylo yn ei gwely. Dim teimladau am yr hyn roedd hi'n ei wneud bob nos; yn gorfod ei wneud. Er hyn, roedd iselder, bron yn ddiarwybod, wedi dechrau cydio ynddi.

Ond wedyn dyma Madog Roberts yn ymddangos ar ei stepen drws! A dyma hi'n deffro o'r freuddwyd, o'r hunllef.

Reality bites, fel dywed y Sais. Ac yna, ella am y tro cyntaf, i wir natur y sefyllfa ei tharo.

Eisteddai yn y car mawr gyferbyn â chariad mwyaf ei bywyd gyda'r cywilydd a'r gofid yn corddi ynddi ac yn bwyta'i ffordd trwy'i henaid.

Cyrhaeddodd y Merc mawr ben draw llydan y cwm ac estynnodd Bojan Simonović am ei ffôn. Doedd dim signal i'w gael i lawr yn nyfnderoedd Cwm Lludw. Pwniodd y sgrin sawl gwaith cyn codi'r ffôn i'w glust chwith, er mwyn gwneud yn siŵr na allai Rhiannon glywed dau ben y sgwrs.

'We had a visitor,' meddai ar ôl ychydig, ac wedyn. 'Yes, that stupid. Yes...yes.'

Edrychodd Rhiannon arno wrth ei weld o gornel ei llygaid yn diffodd y ffôn. Roedd awgrym o wên fach slei ar ymylon ceg y Serbiad.

Madog

Gallai deimlo'i draed yn llusgo ar lawr, llawr concrid, cyn iddo ddeall dim arall. Sut oedd hi'n bosib iddo fod yn cerdded yn ei gwsg? Penderfynodd agor ei lygaid. Roedd y cur yn ei ben fel anifail wedi dod i aros yn ei benglog ac yn gwthio am le yn erbyn ei ymennydd.

Anifail blin ac aflonydd.

Daeth delwedd iddo o gael ei gario, meicroeiliad cyn agor ei lygad dde a gweld breichiau diarth dan ei geseiliau a'i draed yn smalio cerdded ar eu liwt eu hunain.

Llifodd y sefyllfa'n ôl i'w gof yn un ffrwd llawn adrenalin. Dechreuodd geisio ymrafael yn rhydd o afael y dynion. Roedd o un ai'n rhy wan neu roedd y dynion yn llawer rhy gryf.

'Stopa dy badlan, pal,' meddai llais yn ei glust dde; roedd yr un chwith yn cadw twrw fel chwiban balŵn yn cael tynnu'i wynt.

Symudodd yr anifail yn wyllt yn ei benglog a suddodd Madog unwaith eto i bwll du diderfyn anymwybyddiaeth.

* * *

Pan ddaeth yn ôl i dir y byw, roedd yn gorwedd ar ei ochr ar lawr marmor, ei ddwylo wedi'u clymu tu ôl i'w gefn. Roedd yn ymwybodol fod sawl person yn yr ystafell ond roedd ei wyneb wedi ei droi i wynebu wal marmor ac o'i blaen, wrth ei dalcen, silff ddur lliw arian ac arni becynnau taclus o arian papur wedi'u pentyrru'n uchel a thwt. Clywodd leisiau'n atseinio oddi ar y waliau ond roedd ei glust yn gwichian ac yn celu ystyr y geiriau.

Clywodd ergyd dryll dychrynllyd ac yna sgrech merch mewn braw, nid mewn poen.

Rhiannon!

'Rhiannon!' bloeddiodd Madog yn ofer gan fod tâp gludiog trwchus yn dynn am ei wefusau.

Clywodd fwy o eiriau ond roedd ei glust, wedi'r ergyd, yn waeth nag erioed. Teimlodd boen wrth i rywun neu rywbeth drywanu cefn ei goesau. Dechreuodd geisio rhyddhau ei hun o'i dranc, fel pysgodyn yn ffeindio'i hun, yn gwbwl annisgwyl, ar lan rhyw afon yn mygu. Roedd ei goesau hefyd wedi'u clymu at ei gilydd a dechreuodd Madog gael panig, ei wyneb yn mynd yn biws a'i wythiennau'n pylsio'n amlwg ar ei arleisiau.

'Rhiannon, dos o 'ma. Rhed!' Doedd dim math o ofid ganddo drosto fo'i hun. Gwyddai fod ei sefyllfa'n anobeithiol. Ei ffawd wedi selio, fel y pysgodyn ar lan yr afon.

Arhosodd am yr ergyd.

Y ergyd olaf.

Bojan

Mor hawdd. Mor uffernol o hawdd, meddyliodd Bojan yn edrych ar un o'r dwsin sgrin yn ystafell flaen y plasdy. Dyma'r creadur gwirion yn cerdded fel rhyw bryfyn twp i mewn i'w we. Madog Roberts.

Rhoddodd swydd iddo fel gyrrwr tasci pan ddaeth i Gaerdydd a dechrau holi'r dreifars eraill am Gemini Enterprise

Mor, mor hawdd.

Cadw llygad ar ddyn gymaint haws pan ti'n gwybod yn union lle mae o. A dyma fo yn mentro o'r diwedd. Roedd Bojan yn gwybod mai dim ond amynedd oedd ei angen arno.

Byddai'r dyn yn siŵr o geisio canfod ei ferch.

Roedd hyd yn oed wedi sicrhau ei fod yn ei gweld hi'n gadael Cwm Lludw. Roedd o wedi agor ffenest gefn tywyll y Mercedes ryw noson, wrth yrru Rhiannon adref. Gallai ei weld yn edrych arni o gysgodion caban y gyrwyr tacsi; yn syllu arni. Mor agos ac eto mor bell.

A dyma fo wrth ddrws ffrynt y corryn. Bojan y corryn mawr.

Arhosodd nes bod Rhiannon yn ateb y drws cyn dweud wrth Jimmy Whitehall yn ei gorn clust bach.

'Take him, Jimmy!' Aeth Bojan allan o'r drws gan wthio heibio i Rhiannon, fel pe bae hi ddim yno. 'Welcome, Mr Roberts,' meddai gan roi fflic i'w arddwrn a gadael i bwysau'r blacjac a disgyrchiant ryddhau'r erfyn lledr o'i wain i lanio'n dwt yn ei law.

THWAC! meddai'r blacjac a Bojan yn dweud 'Welcome' unwaith eto â'r dyn yn dynn ym mreichiau Jimmy Whitehall.

'Jesus Bojan,' bloeddiodd Rhiannon yn ei glust. 'What the actual fuck?!'

Aeth corff Madog Roberts yn llipa gan suddo drwy freichiau Jimmy Whitehall i orwedd ar lawr.

'He's okay,' atebodd Bojan, 'Just sleeping, get the car, Jimmy.' Cerddodd Bojan dros y corff llipa ar lawr gan edrych yn ôl a gweld Rhiannon yn gafael yn ei ben fel pe bai'n faban â chonsýrn yn amlwg ar ei hwyneb hi.

'How the...? What the...?' meddai Rhiannon.

'Get your coat,' meddai Bojan, yn anwybyddu ei chwestiynau. 'We're leaving.' Gwyddai na fyddai hi'n gorfod tywyllu drws y plasdy eto, ac roedd o'n falch o hynny.

*　*　*

Roedd rhaid aros nes eu bod nhw wedi gadael y cwm cyn y gallai Bojan ffonio ei fòs.

Rhoddodd y ffôn wrth ei glust chwith, i ffwrdd oddi wrth Rhiannon ar y sêt i'w dde.

'Bojan, baby!' meddai Adrian Jordan.

'We had a visitor.'

'What, this guy. He's that fucking stupid?'

'Yes,' atebodd Bojan. 'That stupid.'

'You're not in the valley, where are you? On route?'

'Yes.'

'Is she with you, too?'

'Yes.'

'Take them to Pen y Parc, I'll meet you there in half an hour.'

Roedd digon o le yng nghefn y limwsîn Mercedes. Roedd pedwar yn wynebu'i gilydd yn ddigon cyfforddus yn y car moethus. Roedd Madog yn dal yn anymwybodol.

Rhoddodd Bojan y ffôn yn ôl yn ei boced. Edrychodd

ar Rhiannon, wrth ei ochr, yn edrych ar Madog yn ddiymadferth yn y sêt gyferbyn â hi, ei ben ar ysgwydd Jimmy Whitehall. Doedd y gyrrwr ddim yn gallu eu gweld drwy'r gwydr tywyll.

Gwenodd iddo'i hun wrth feddwl beth oedd i ddod. Diflannodd ci wên pan drodd Rhiannon i edrych arno. Gwyddai ei bod hi'n ysu i ofyn iddo i ble roedden nhw'n mynd, ond hefyd yn rhy falch i wneud hynny. Roedd o'n ei hadnabod hi'n rhy dda. Yn dawel fel llong, ymunodd y Merc â thraffig hwyrnos yr M4 yn anelu am y brifddinas.

*　*　*

Doedd Lamborghini melyn Adrian ddim o dan do'r garej agored nac ar y dreif pan gyrhaeddodd y parti Pen y Parc. Llusgodd Jimmy a Bojan y dyn, Madog Roberts, yn griddfan ac yn simsan allan o'r car cyn gyrru Hayden y gyrrwr a'r Merc adref am y noson. Taniodd Rhiannon sigarét wrth sefyll dan do'r garej â glaw mân yn chwyrlïo dan olau'r portsh.

'We take him to the living room,' meddai Bojan cyn chwibianu ar Rhiannon i agor drws y garej. Doedd y dyn ddim yn drwm i'r ddau, a llusgwyd o'n ddigon sydyn i mewn i'r tŷ, fel rhyw ffrind meddw ddiwedd nos, tasa rhywun o gwmpas ac yn digwydd eu gweld.

Brysiodd y tri, a Rhiannon yn eu dilyn, drwy'r stafell ymolchi heibio'r swyddfa a'r ystafell chwarae gan sefyll am hanner eiliad i'r drysau awtomatig lithro i'r naill ochr a'u gadael i mewn i'r ystafel fyw.

'On the couch!' gorchmynnodd Bojan.

'Settee?' gofynnodd Jimmy Whitehall.

Ochneidiodd Bojan wrth godi braich Madog Roberts oddi ar ei ysgwyddau a'i luchio ar y soffa fawr wen. Bron i Jimmy Whitehall â glanio ar ei ben. Aeth Jimmy, wedyn, yn syth at y bar a thywallt wisgi iddo'i hun. Eisteddodd Bojan ar y gadair freichiau oedd yn bartner i'r soffa yn edrych ar Rhiannon yn smocio yng ngheg y drws.

'He'll be mad, seeing you smoke in here,' meddai wrthi. Cododd Rhiannon ei 'sgwyddau'n ddihid arno. Roedd hi'n ôl yn actio'i rhan, meddyliodd Bojan. Rhew yn ei gwythiennau, calon fel craig. Malio dim am neb.

'Ti am un?' holodd Jimmy Whitehall yn codi'i wydr gwag tuag ati. Caeodd Rhiannon un lygad a chodi'i llaw at ei hwyneb. Dangosodd wagle tair modfedd rhwng ei bawd a'i bys uwd i'r gangstyr ei lenwi.

''Ian?'

Ysgydwodd ei ben cyn codi ei law i rwbio cefn ei wddf. Roedd pethau pwysig ar fin digwydd. Pen clir a chadw'i nerfau dan reolaeth, dyna oedd Bojan Simonović am gael, nid y ddiod feddwol.

Roedd y tŷ'n gwbl dawel. Wrth i Jimmy roi ei diod nobl iddi gallai'r tri, nid y pedwar, glywed rhuo cyfarwydd y car cyflym yn dringo fyny'r dreif a dod i stop.

Mae'n rhaid bod Rhiannon wedi gadael drws y garej ar agor, meddyliodd Bojan, i'r twrw fod mor glir yng nghefn y tŷ. Dechreuodd Jimmy dywallt gwydriad o wisgi dros ben tomen o rew mewn tymblyr mawr i'w fôs.

Cleciodd Rhiannon ei diod cyn rhoi gweddill ei sigarét i hisian yn y gwaddodion, yr hylif prin yn llosgi'n las prydferth am eiliad neu ddau. Cerddodd am ganol yr ystafell a'r drysau awtomatig yn cau ar ei hôl. Aeth i eistedd ar y soffa wrth ben ôl Madog a hanner ei goesau'n hongian yn llipa dros yr ochr.

'What's he going to do, Bojan?' gofynnodd yn pwyntio'i gên tuag at y drysau. 'Smack his hand and send him on his way? I don't think so.'

Syllodd Bojan arni heb ddangos na dweud dim. Agorodd y drysau dwbl a chamodd Adrian Jordan i mewn yn wên o glust i glust ac yn hel gwlybaniaeth y glaw mân trwy'i wallt gyda'i ddwylo.

'Helô bawb!' meddai wrth i Jimmy Whitehall ymestyn ei fraich tuag ato a diod gadarn yn ei law i'w fòs. 'Hwn yw'r ffycin *loverboy*?' meddai'n cymryd y ddiod ac yn camu i ganol y stafell. Roedd Madog â'i wyneb wedi'i gladdu yn lledr gwyn meddal y soffa fawr.

'He hasn't woken up yet,' meddai Bojan.

'You hit him?' gofynnodd Adrian, yn dal i wenu. Nodiodd Bojan yn ddi-hid. 'Hard by the looks of it,' chwarddodd y bòs ac edrychodd i weld beth oedd Rhiannon yn feddwl o'i antics. Roedd hi'n edrych fel pe bai wedi diflasu'n llwyr â'r sefyllfa. 'Let's have a look at him then, Bojan baby!' Cymrodd Adrian Jordan lwnc go fawr o'i ddiod ac aeth i eistedd i'w gadair pan gododd Bojan oddi wrthi.

Cododd Bojan y dyn diymadferth i eistedd, ei ên yn gorwedd ar ei fron a'i wallt hir yn cuddio'i wyneb. Cydiodd Bojan yn ei wallt a chodi'i ben i Adrian Jordan gael golwg iawn arno.

Aeth rhai eiliadau heibio â'r awyrgylch yn yr ystafell yn newid, yn dwysáu.

Neidiodd Adrian Jordan allan o'i sedd a chydio'n dynn yn ngwddf Madog, ei wyneb yn goch â gwylltineb. Yna dechreuodd ddyrnu ei wyneb gyda'i law dde, ei law chwith yn dal wrth ei wddf.

'Adrian!' Roedd Rhiannon wrth ei gefn mewn eiliad yn tynnu ar ei wallt ac yn ei gicio'n galed ar groth ei goes.

Gwthiodd Bojan hi i'r naill ochr yn hawdd a chaled cyn cydio ym mreichiau'i fòs a'i dynnu oddi ar Madog. 'Not here, boss!' sibrydodd yn ei glust. 'It can't be here.'

Roedd yn gallu clywed y tymer yn anadliadau tarw Adrian Jordan a'i holl gorff yn erfyn i gael ailgychwyn ar yr ymosodiad.

'Not with her watching, not here,' meddai'n dawel bach, yn ceisio tawelu'i wylltineb. 'Somewhere safe, somewhere clean, somewhere close.'

Ymlaciodd Bojan ei afael rhyw ychydig ac ysgydwodd Adrian Jordan ei hun yn rhydd o afael ei ddyn. 'Grab the fucker and fucking follow me,' ebychodd yn flin fel cacwn mewn pot jam gwag. Brasgamodd am y drysau dwbl gan floeddio ar Jimmy Whitehall, oedd yn sefyll wedi'i syfrdanu wrth y bwrdd diodydd. 'A clo'r ffycin gont 'na'n y ffycin pantri,' gorchmynnodd yn pwyntio'i fraich fel cleddyf tuag at Rhiannon ar ei chefn ar y carped trwchus.

'Lock her up, Jimmy!' ategodd Bojan, gan gydio ym Madog gerfydd cefn ei grys gwyn oedd yn goch gan waed. 'And follow us, quick!' Gwyrodd Bojan gan osod Madog ar ei ysgwydd a'i gario allan o'r ystafell a dilyn Adrian Jordan.

Gwyddai yn union i ble roedden nhw'n mynd a pham i'w fòs golli dymer. Dyna oedd ei fwriad pan benderfynodd ddal y dyn bach o'r gogledd yn ei we. Roedd wedi bod yn amlwg i Bojan hefyd pan welodd o'r Madog Roberts yma am y tro cyntaf. Yn gadael am y pwll nofio 'nôl ym Mangor. Roedd Mair mor debyg iddo fel mai dim ond Madog Roberts allai fod yn dad iddi.

Madog Roberts ac nid Adrian Jordan.

Gwyddai Bojan fod rhywle cudd gan Jordan, gwyddai ers blwyddyn a mwy. Roedd hynny'n eithaf amlwg gan nad oedd dim un darn o bres na phapurau'r Gath Ddu unrhywle yn y tŷ. A dim unrhywle arall yn y ddinas. Mae'n rhaid bod ystafell gudd. Fel arall pam fod ei fòs yn treulio gymaint o'i amser wedi'i gloi yn ei ystafell wely? Pam nad oedd o weithiau'n ateb y drws, nac yn ateb ei ffôn.

Roedd yr ateb yn amlwg. Ystafell ddirgel.

Ond sut y câi weld i mewn i'r lle cudd? Pan welodd Bojan y dyn tacsi, y Madog Roberts oedd wedi bod yn gorwedd yn y pwll nofio pan gipiodd o Rhiannon, gwyddai'n syth mai tad merch Rhiannon oedd o. Roedd dyn y Gemini Enterprise i fod i ddangos pawb oedd yn ceisio am swydd fel gyrrwr tacsi i'r fenter iddo.

Pob un.

Wedyn, un diwrnod, fis yn ôl, dyma'r dyn yma'n ymddangos. A dyna pryd y cafodd Bojan y syniad. Defnyddio tymer Jordan yn ei erbyn. Ei orfodi i ddangos yr ystafell iddo. Ei wylltio i fod yn fyrbwyll.

A dyma fo'r cynllun ar waith ac yn gweithio'n berffaith. Dilynodd Adrian Jordan i fyny'r grisiau â Madog Roberts ar ei ysgwyddau. Doedd o ddim yn ddyn ysgafn ond roedd Bojan yn gryf, yn ymarfer corff a chodi pwysau dair gwaith yr wythnos yn ddi-ffael.

Clywodd Jimmy Whitehall yn tuchan ar waelod y grisiau ac yntau ar y landin yn edrych ar Jordan yn diflannu i'w ystafell.

'Almost scratched my eyes out, mýn,' meddai wrth ddechrau dilyn y tri i fyny'r grisiau gan rwbio'i wyneb ac edrych am waed ar gledr ei law.

Gwelodd Bojan y Greal Sanctaidd wrth fynd i mewn i ystafell wely Jordan a'i gwpwrdd dillad yn agored. Safai Jordan yno'n pwnio rhifau ar glo yn nghefn sêff fechan yn y cwpwrdd.

Oeddwn i'n gwybod, meddyliodd wrth weld cefn y wal yn suddo'n ôl yn dawel cyn mynd o'r golwg yn llwyr i'r chwith.

Trodd Adrian Jordan wrth glywed Bojan yn taro pen Madog yn erbyn drws agored yr ystafell wely. 'Bring the fucker in here!' gorchmynnodd Jordan, a phoer gwyn yn hel ar ymylon ei weflau, fel rhyw anifail gwyllt, meddyliodd Bojan.

Cerddodd Bojan i mewn i'r ystafell ddirgel, bron yr un maint â'r ystafell wely foethus. Gallai deimlo'r aer yn oeri wrth fentro trwy'r wal drwchus ac heibio i'r drws dur swmpus.

Agorodd llygaid Bojan o weld y pentyrrau arian wedi'u cadw'n daclus ar silffoedd dur cadarn yn erbyn y wal bellaf. Roedd yr ystafell i gyd yn farmor golau gyda gwythïen lwyd ysgafn drwyddi draw; y llawr, y waliau a hyd yn oed y nenfwd, yr un garreg.

'Put him down there!' meddai Jordan, yn pwyntio at y llawr ochr bellaf oddi wrth y drws. Lluchiodd rôl o dâp gludiog du at Bojan fel roedd yn gollwng Madog oddi ar ei ysgwyddau. 'Tape him up!' gorchmynnodd ei gyflogwr. Chwarddodd y geiriau nesa, fel pe bai chwilen yn ei ben. 'We're going to have us some fun tonight!'

Ymunodd Jimmy Whitehall â'r tri yn yr ystafell gudd a dweud. 'Iesu Grist, bòs. Be ddiawl 'di hwn 'te?'

'Cau dy ben, Jimmy, a cer i nôl cader o'r bedrwm. Yr un 'da'r breichie metal.'

Roedd Bojan wrthi'n clymu coesau Madog gyda'i gilydd gyda'r tâp giaffar trwchus pan roliodd Jimmy'r gadair swyddfa fodern i mewn i'r ystafell ddirgel, ei holwynion yn ratlo ar y llawr marmor.

'Y llall, twpsyn!' ebychodd Jordan gan daflu sgriwdreifar anferth at ei was ffyddlon, ei ddwrn yn ei daro'n boenus ar asgwrn ei glun.

'A! Diawl 'chan,' udodd Jimmy'n rowlio'r gadair yn ôl allan.

Pan ddaeth yn ei ôl gyda'r gadair gywir roedd Bojan wedi darfod clymu breichiau'r dyn diymadferth wrth ei gefn ac yn sefyll wrth ei ochr yn edrych ar Adrian Jordan. Roedd Jordan wedi estyn bocs tŵls oddi ar y silffoedd ac wedi'i osod yn agored ar ddesg fechan gul oedd ar y dde i'r drws.

'Dwi'n mynd i dy ffwco ti lan. Bois bach, dwi'n mynd i ffwco ti lan, y ffycin Gog cynt!' Roedd y tŵls yn dod allan o'r bocs bob sut a rhai yn cael eu gadael i syrthio ar lawr, rhai eraill yn cael eu taro ar y bwrdd fel pe bai o'n casáu'r gwrthrychau difywyd. Fel pe baen nhw wedi'u bechu'n bersonol.

Edrychodd Jimmy'n ôl ar y dyn ar lawr a sylwi, wrth iddo agor ei lygaid, fod Bojan hefyd wedi rhoi tâp dros ei geg.

Dyma'r peth diwethaf i Jimmy Whitehall weld.

Gwelodd Bojan Rhiannon wrth gefn Jimmy yn brysio tuag ato o'r ystafell wely a chyllell fawr yn dal y golau ac yn fflachio wrth ei hysgwydd, yn barod i'w drywanu. Ni feddyliodd dim am ddim. Tynnodd ei ddryll llaw allan o gefn ei wregys a saethodd Jimmy Whitehall unwaith. Tarodd y bwled bont ei drwyn gan ffrwydro ymennydd y dyn ar hyd Rhiannon a ffrâm agoriad yr ystafell gudd.

Disgynnodd Adrian Jordan yn amddiffynnol reddfol i'r llawr yn cydio mewn morthwyl crafanc. Am hanner eiliad daeth distawrwydd llethol cyn i Rhiannon ddechrau sgrechian.

Roedd hi'n sgrechian, ei llygaid wedi cau a'i dwylo'n hel breithell Jimmy Whitehall oddi ar ei hwyneb, ei bysedd yn galed fel brigau coed.

Tydi hyn ddim yn mynd i weithio, meddyliodd Bojan gan gamu ymlaen a chydio yng ngwallt Rhiannon. Siglodd ei phen yn chwimwth yn erbyn wyneb mewnol y drws dur, a disgynnodd fel doli glwt ar y llawr marmor. Roedd gwaed corff Jimmy Whitehall yn brysur lifo tuag ati.

'Fuckin hell, Bojan! What in the flying fuck are you doing?' bloeddiodd Adrian Jordan, ei ddwylo i fyny uwch ei ben a'i gorff ar ei gwrcwd o dan y bocs tŵls.

Teimlodd Bojan Simonović y dyn gwirion o'r gogledd yn strancio wrth gefn ei esgidiau, yn amlwg wedi ail effro, ond roedd ganddo waith arall yn gyntaf a rhoddodd sawdl galed iddo yn ei asennau.

'Ar dy draed!' meddai wedyn wrth Adrian Jordan, yn Gymraeg.

'What?' atebodd Adrian, ei wyneb yn llawn penbleth, ei reolaeth o'r sefyllfa wedi llwyr ddiflannu.

Pwyntiodd Bojan ei ddryll yn fwriadol tuag at draed ei gyn-feistr. 'Ar dy – sut ti'n hoffi dweud? – Ffycin draed!'

Cododd Jordan i sefyll yn nerfus, ei ddwylo'n dal yn uchel uwch ei ben. 'Ti'n siarad Cymraeg?' meddai, fel pe bai Bojan Simonović ddim yn ymwybodol o'r ffaith.

'Fi wedi bod yn cymeryd gwersi Cymrâg ers tair blynedd, Jordan,' meddai gan ddechrau gwenu; nid gwên fawr, ond gwên dyn dedwydd. 'I gyd er mwyn mwynhau y foment yma.' Cydiodd yn y gadair roedd Jimmy Whitehall wedi'i gollwng ar ei hochr fel ei weithred olaf. 'Eistedd,' meddai gan wahodd Adrian Jordan i ysgafnu ychydig ar faich ei draed gyda blaen ei ddryll.

'Be ti moyn, Bojan? Unrhyw beth, unrhyw beth o gwbwl.'

Cydiodd Bojan yn y tâp gludiog gan ei luchio at Jordan. 'Cau dy ben, ti'n gwbod beth i'w wneud da hwn.'

'Jesus, Bojan!' dechreuodd Adrian Jordan grio'n pathetig tra'n cychwyn ar y gwaith o glymu ei fraich chwith i fraich haearn y gadair freichiau.

'Coesau hefyd,' meddai Bojan. 'Paid poeni, Jordan...' ategodd wrth i'r babi wylo'n afreolus, ei ysgwyddau'n adlamu bob sut. 'Dwi ddim yn mynd i saethu ti. Dwi ddim yn mynd i ladd ti.'

'Be?' edrychodd Adrian Jordan i fyny arno wedi cwblhau'r gwaith o glymu ei goesau'n dynn i'r gadair.

Cydiodd Bojan yn y tâp gan ddechrau clymu'i fraich dde i'r gadair. I gwblhau'r gwaith clymodd y tâp cryf du sawl gwaith o amgylch corff a chefn cadarn y gadair gan gadw'r darn olaf un i gau ceg Adrian Jordan.

Doedd Bojan Simonović ddim am glywed gair arall.

Rhoddodd ei droed ar flaen sêt y gadair, rhwng coesau Jordan gan ei wthio yn erbyn yr unig silff wag yn yr ystafell gudd, ble'r arferai'r twls fyw. Cymrodd raff wen hir, eithaf trwchus, oddi ar y silff drws nesaf a chlymu'r gadair a Jordan i'r silff a oedd wedi'i folltio'n sownd i'r wal marmor.

Llusgodd gorff Jimmy Whitehall i orwedd wrth ei draed.

Yna llusgodd Rhiannon i ganol yr ystafell. Aeth Bojan allan gan ofalu nad oedd yn sathru yn y gwaed sylweddol oedd wedi cronni ar lawr yr ystafell gudd. Aeth i lawr y grisiau ac i'r gegin.

Ymhen munudau roedd yn ôl i fyny'r grisiau ac yn ôl yn yr ystafell. Roedd ganddo lond bwced o ddŵr cynnes yn un llaw a bag du yn llawn o bethau yn y llall. Cymrodd y cadach cotwm socian oedd yn y bwced a'i daflu i lanio'n slebjan ar wyneb Rhiannon. Roedd Madog yn gwingo fel pry genwair ym mhen draw yr ystafell, yn amlwg yn gweiddi'n anllad arno trwy'i dâp mudan.

Camodd Bojan draw a chydio ynddo gerfydd cefn ei grys am yr ail dro'r noson honno a'i godi ar ei ysgwydd. 'Aros funud, ddyn,' meddai wrth i Madog Roberts strancio wrth iddo'i godi oddi ar y llawr. ' Paid neud bywyd yn anodd!'

Cerddodd Bojan a'r gwystl allan o'r ystafell gudd, eto'n gofalu i beidio â sefyll yn y gwaed. Lluchiodd Madog ar wely mawr crwn Adrian Jordan. Roedd Madog yn edrych yn hurt yn gwingo ar y gwely crwn.

Roedd Rhiannon yn chwarae gyda'r cadach gwlyb, yn ei byd bach ei hun, pan ddychwelodd Bojan. Rhwbiodd y gwaed ar ei hwyneb gyda'r lliain nes ei fod yn lliw pinc mewn llefydd a gwên bell i ffwrdd ar ei hwyneb, ei llygaid wedi cau.

'Mam bach!' dywedodd Bojan dan ei wynt, ei hoff ebychiad Cymraeg. Cymrodd y cadach oddi wrthi a'i socian am yr ail dro yn y bwced a'i daflu'n ôl arni'n galed y tro hwn.

'Be?' meddai Rhiannon yn codi i eistedd ar ochr ei chlun, y cadach am ei phen.

'Rhiannon?' dechreuodd Bojan. 'Edrych arna i!' Roedd Adrian Jordan wedi dechrau strancio yn ei garchar cadair freichiau. Gwyddai Bojan bod ei gyn-fòs eisioes wedi dyfalu'i ffawd.

'Be?' meddai hi eto wrth i Bojan dynnu'r lliain oddi ar ei hwyneb. Agorodd ei llygaid.

Daeth braw i'w meddiannu yn syth a dywedodd Bojan mewn llais clir. 'Dim ond fi. Bojan. Dwi ddim yn mynd i taro ti. Hei!' Roedd ei llygaid yn rholio yn eu tyllau. 'Hei, gwrando! Rhiannon? Aros. Ti angen deffro nawr. *Concentrate*.' Rhwbiodd ei hwyneb gyda'r cadach a'i hwynepryd prydferth yn ymddangos, unwaith eto, trwy'r gwaed a'r breithell. Gwelodd y canolbwyntio dwys yn dychwelyd i'w phryd a'i gwedd. 'Dyna ti, edrych.' Trodd gên Rhiannon yn ysgafn i gyfeiriad Jordan oedd yn dawnsio heb symud modfedd yn ei gadair freichiau.

Ei garchar olaf.

Chwarddodd Rhiannon yn gysglyd.

Gadawodd Bojan hi am ychydig, gan gychwyn ar weddill y gwaith. Agorodd y sach ddu ac estyn rôl o sachau sbwriel du allan ohono. Tynnodd un yn rhydd cyn dechrau rhawio bwndeli o arian papur oddi ar y silffoedd pellaf i mewn i'r sach. Degau, yna cannoedd o filoedd o bunnoedd. Arian puteindai Cwm Lludw, arian y Gath Ddu.

Pan oedd yn teimlo bod un yn ddigon llawn dechreuodd lenwi un arall ac yna un arall.

Erbyn cychwyn y pedwerydd roedd Rhiannon wedi dechrau codi ar ei thraed ac edrych o'i chwmpas ar y gyflafan.

'Gwrando, Rhiannon,' meddai Bojan Simonović. Doedd hi ddim fel pe bai hi'n meddwl dim o'r ffaith ei fod yn siarad

Cymraeg. 'Os wyt ti a Madog Roberts am fyw trwy hyn, rhaid i chi wrando arna i. *Understand?*'

Roedd wyneb Adrian Jordan wedi mynd yn biws, ei graith yn wyn a llwyd ar ei dalcen.

'Mae hyn i gyd yn darfod nawr. Everything. Yn yr ystafell yma.' Aeth Bojan i'r bag du ac estyn jympsiwt coch ohono. Un o jympsiwts Rhiannon o'i hystafell. 'Wear this,' meddai wrthi. 'Clean yourself, first.'

Cymrodd hi'r dilledyn a syllu arno am eiliad a Bojan yn siarad. Yna, fel pe bai hi'n deffro'n llwyr, gofynnodd yn frysiog, 'Madog?'

'Next door,' meddai Bojan, yn rhoi sach ddu'n llawn diemwntiau ym mhoced ei siaced. 'Hurry!'

Dechreuodd Rhiannon rwbio ymennydd Jimmy Whitehall allan o'i gwallt gyda'r lliain gwlyb.

~